Gerhard Köpf

Außerfern

Roman

Gerhard Köpf

AUSSERFERN

Roman

braumüller

Bibliografische Information der Deutschen Nationalbibliothek
Die Deutsche Nationalbibliothek verzeichnet diese Publikation in der Deutschen Nationalbibliografie; detaillierte bibliografische Daten sind im Internet über http://dnb.d-nb.de abrufbar.

1. Auflage 2018

Servitengasse 5, A-1090 Wien
www.braumueller.at

Lektorat: Mario Wurmitzer
Coverfoto: © shutterstock | Samet Guler.
Druck: FINIDR, s.r.o., Lípová 1965, 737 01 Český Těšín
ISBN 978-3-99200-212-2

… man lebte dazumal von den Erinnerungen,
wie man heutzutage lebt von der Fähigkeit,
schnell und nachdrücklich zu vergessen.

Joseph Roth: *Radetzkymarsch*

Es sind die Anekdoten,
die den Mythos ausmachen.

Johann Baptist von Peilstein

VORWORT

Nichts ist entschieden, und nichts geht verloren. Alles kann wiedergefunden werden, solange Trost und Kraft reichen und unsere Sehnsucht ungehemmt begehrt.

Mit diesen Worten beendete ich 1983 meinen ersten Roman *Innerfern*.

Jetzt bin ich doppelt so alt wie damals, und noch immer erkenne ich in diesen Sätzen mein Programm. Es ist mir in meinen Büchern stets um das zu tun gewesen, was nicht vergessen werden soll und sich in den Biografien jener Menschen ausdrückt, an die ich erinnern möchte. Das Erzählen ihrer Geschichte gilt mir bis heute als meine Möglichkeit, die verstreichende Zeit einen Augenblick lang anzuhalten und dem großen Vergessen zu trotzen, das auf uns alle wartet.

Noch aber ist nichts entschieden, und nichts geht verloren, solange …

G. K. im Sommer 2018

ERSTER TEIL

Marandjosef, rief die Mutter erschrocken beim Anblick ihres neugeborenen Sohnes, der ungewöhnlich zart war und aussah wie ein Mädchen, weshalb sie, die inständig auf einen strammen Stammhalter gehofft hatte, vor Entsetzen die Mutter Gottes anrief. Marandjosef: Das sollte dem Büblein künftig als Name anhängen. Die Mutter bat sogleich die Hebamme, die ob dieser Laune der Natur ebenso erstaunt war wie die Wöchnerin, einen Rosenkranz für das Wohl des Kindes zu beten. Die Taufe war betrüblich, und der eigens aus dem Passeiertal angereiste Taufpate sowie der gleichfalls enttäuschte Vater, der allseits bekannte Wirt vom Gasthof zu den *Drei Raben,* schauten sorgenvoll auf den Hänfling.

Eine umherziehende Wahrsagerin hatte noch wenige Wochen vor der Niederkunft behauptet, das Kind werde unter einem geheimnisvollen Zeichen geboren, das die seltsamen Wege bestimme, auf denen es durch die Welt gehen müsse. Aber welches Zeichen mag sie gemeint haben? Das des Widders? Nein, denn der Säugling war trotz seines Aussehens, das einem Lämmchen glich, nicht so dumm wie ein Schaf. Er war nicht der Stier, denn zum Schuften und zur Sklavenarbeit war er nicht bestimmt. Auch war es nicht der

Schütze, denn Lust auf Wildbret hat er nie empfunden. Steinbock also? Nein, er war immer lieber im Tal als auf dem Berg. Noch weniger war es der Wassermann, denn ein Trinker war er nie, obgleich er in einer Gastwirtschaft aufwuchs. Der Krebs hätte gepasst, denn seine klügsten Geschäfte liefen oft rückwärts. Es war das Zeichen der Jungfrau. Ihr Kostüm hat ihn in der Welt leuchten lassen, und hinter ihrer Maske verbarg sich oft genug der Schelm. Wenn ihm nicht bei Zeiten ein Bart gewachsen wäre, so hätte er noch fünfzigjährig als Frau agieren können.

An eine weitere Besonderheit soll erinnert werden: Während die Mutter dem schmächtigen Wesen die Brust gab, spielte das Kleine gedankenverloren mit dem filigranen Goldmedaillon, das die Mutter als Hochzeitsgeschenk ihrer ladinischen Großmutter um den Hals trug. Von diesem Augenblick an war der Knabe vom Gold wie magisch angezogen und konnte sein Lebtag nicht mehr davon lassen. Er war seinem Glanz verfallen.

Vom ersten Tag an lag ein Geheimnis über ihm, dem wegen seiner hellen Haut, die man seinerzeit eine noble Blässe nannte, und seiner zarten Gestalt nicht der Gastwirt von den *Drei Raben* als leiblicher Vater zugeschrieben wurde, sondern keinem Geringeren als Albrecht Konrad von Hohenegg aus dem Geschlecht derer von Hohenegg, die einst als Ministerialen auf der nahen Burg Vilsegg ansässig gewesen waren und nun in den Diensten der französischen Königin Marie-Antoinette standen, einer Tochter von Kaiser Franz I. von Lothringen und Maria Theresia von Österreich. Ihre schwere Geburt sowie das Erdbeben von Lissabon, welches am Tag zuvor stattgefunden hatte, wurden als böses Vorzeichen für den weiteren Lebensweg von Maria Antonia gedeutet, wie sie getauft hieß. Der noble Herr von Hohenegg war nämlich neun Monate vor der Niederkunft der Rabenwirtin durch Vils gereist, hatte im Gasthof übernachtet und schon am ersten Abend allseits bemerkbaren Gefallen an der Wirtin gefunden, die aus dem Passeiertal stammte und deshalb angeblich italienisches Blut in den Adern hatte. Man war sich einig darin, der Hohenegger sei ihr beigelegen und habe in jener Nacht, in der Blitz und Donner über dem Inner- wie dem Außerfern niedergegangen seien, einen Sohn gezeugt. Nur der Rabenwirt selbst wollte nicht als Gehörnter dastehen und tat dies als dummes Wirtshausgeschwätz ab. Aber der Zweifel war von da an seiner Seele eingepflanzt, der Mann sei vom Tag der Geburt des mädchenhaft schmächtigen Josefleins an nie mehr so fröhlich gewesen wie all die Jahre zuvor.

Noch eine andere, weit abenteuerlichere Variante machte ein paar Jahre später die Runde. Vermutlich von einem durchreisenden Hausierer aus dem hinteren Lechtal stammte die Legende, das Büblein sei in Wirklichkeit niemand anderer als der verschwundene Dauphin, rechtmäßiger Erbe der französischen Krone, seit seine Eltern, Ludwig XVI. und Marie Antoinette, im Revolutionsjahr 1793 auf der Place de la République in Paris geköpft wurden. Es sei erwiesen, dass Albrecht Konrad von Hohenegg als Liebhaber die Königin geschwängert habe und er, der wirkliche Vater, den Bankert aus Frankreich herausschmuggeln, auf seine Burg Vilsegg habe bringen und der schwangeren Wirtin unterschieben können. Josef und der verschwundene Kronprinz jedenfalls waren im selben Jahr geboren: 1785 – der eine im Schloss Versailles, der andere in der Kammer der Wirtsleute des Gasthofs *Drei Raben* zu Vils, der kleinsten Stadt in Tirol.

***

Einem Wort des Alt-Landeshauptmanns Eduard Wallnöfer zufolge gibt es in Tirol mehr Blaskapellen als Einwohner, und Tirol sei „mehr als ein Zoo bunter Trachtenträger". Nirgendwo auf der Welt gibt es auf so engem Raum so viele Burgen wie dort. Errichtet auf Bergspornen, an Hängen und auf schwer zugänglichen Höhen, aufgeworfenen Kuppen und Felsklötzen und geschützt durch Abgründe oder Flüsse wachen sie schier uneinnehmbar über Transport- und Handelswege, Straßenkreuzungen und Brücken. Sie sind als herrschaftlicher Ansitz nicht nur Status- und Machtsymbol, sondern ebenso Wehr- und Wohnbau, letzter Zufluchtsort, Amtsgebäude, Maut- und Steuerstelle, Rentamt, als Zwing- und Fronburg zugleich Hohes Gericht und Gefängnis. All diese Funktionen der Burgen sowie die Sicherung des eigenen Herrschaftsbereiches, aber auch der Wege von Deutschland nach Italien hatten nichts Romantisches an sich, das sich erst sehr viel später auf bunten Postkarten entfaltete.

Jede dieser Burgen, deren Errichtung einst das Privileg regierender Fürsten war, birgt ihr eigenes Geheimnis und hat eine unerzählte Geschichte, die so lange wartet, bis einer kommt, sich auf sie einlässt und schließlich ans Licht bringt, was das Geheimnis zwischen *Geschichte* und *Geschichten* ausmacht, das die Engländer in dem feinen Unterschied von *Story* und *History* ausdrücken.

Die geografische Lage Tirols, südlich am Alpenübergang ins Italienische wie westlich ins Schweizerische, die engen Täler und die wenigen, dafür umso bedeutenderen Verkehrs- und Handelsstraßen begünstigten den Bau von Burgen, die zugleich den namhaften Adelsgeschlechtern Heim und Ansehen garantierten. Besonders im Außerfern, wie der Nordtiroler Bezirk Reutte auch genannt wird, finden sich zahlreiche Burgen nicht nur von historischer Bedeutung. Außerfern grenzt im Norden an das bayerische Allgäu und das Werdenfelser Land, im Süden an die Bezirke Landeck und Imst und im Westen an Vorarlberg mit den Bezirken Bregenz und Bludenz. Seinen Namen hat das Außerfern nicht nur vom althochdeutschen Wort *firni* (Bezeichnung für vorjährigen Schnee; ein *Ferner* ist ein Gletscher), sondern auch von „Außer dem Fern", womit der Fernpass gemeint ist, denn Außer- und Inner- sind im Tirolischen häufig beschreibende Zusätze zu einem Tal und unterscheiden zwischen dem Taleingang und den hinteren Talbereichen oder zwischen dem Talabschnitt vom Hauptort des Tales flussabwärts und den Bereichen bergeinwärts oder einfach die Richtungen talein- und auswärts. So verstanden bezeichnet *Außerfern* folgerichtig das Tal bis zum Fernpass. Er war die einzige wintersichere Verkehrsverbindung ins Inntal.

Dies ist die Landschaft, in der unsere Geschichte spielt, wobei die eng aneinander liegenden unterschiedlichen Bezirke mit ihrer jeweils eigenen Gerichtsbarkeit eine nicht unbedeutende Rolle spielen. Hatte beispielsweise einer im Bezirk Reutte etwas angestellt, so konnte er innerhalb eines Tages auf Schmugglerwegen über den Fernpass in den Bezirk Imst und von dort weiter in den Bezirk Landeck oder innabwärts Richtung Kufstein fliehen und sich auf diese Weise zunächst der zuständigen örtlichen Justiz entziehen. Das Auge des Gesetzes blieb jedoch wachsam, und die sich stetig verbessernde Zusammenarbeit der Behörden schließlich machte es den Gaunern und dem fahrenden Volk zunehmend schwerer.

***

Allerdings müssen wir ganz woanders beginnen, denn der Ausgangspunkt unserer Geschichte liegt nicht in Tirol, sondern in einem Ladengeschäft in der Innerschweiz: Der unregelmäßig erscheinende Antiquariatskatalog der Kränzlinschen Kunst- und Verlagsbuchhandlung zu Luzern, der mir vor einigen Jahren auf einer Reise zufällig in die Hände gefallen ist, verzeichnet auf der letzten Seite einen Band von

Lebenserinnerungen eines mir unbekannten Autors mit dem unglaublichen Vermerk: *Gebunden in Menschenhaut.* Wenige Wochen nach diesem kuriosen Fund hielt ich mich in Amsterdam auf. Einer alten Gewohnheit folgend führten mich meine Wege zu Kunsthändlern und Trödelläden. Und tatsächlich: Das besagte Werk, auf das ich in Luzern gestoßen war, erschien im Register eines Amsterdamer Auktionshauses als besondere Rarität – *Gebunden in Menschenhaut* – und war mit einer Summe von fünfzigtausend Schweizer Franken ausgezeichnet. Auf der Stelle beschloss ich, der Angelegenheit nachzugehen, und erhielt ohne größere Umstände vom Auktionator die Auskunft, das Buch befinde sich nunmehr im Besitz der Bibliothek der University of Otago, Dunedin, Neuseeland, der südlichsten Universität der Welt. Der Auktionator, ein sympathischer älterer Herr mit feinen Umgangsformen, klärte mich überdies in freundlichem Singsang darüber auf, dass die Verwendung von Menschenhaut, etwa von hingerichteten Kriminellen, zum Einbinden von Büchern im 19. Jahrhundert nicht unüblich gewesen sei. So beherbergten, wie er wusste, die Bestände der Harvard-Universität beispielsweise ein Exemplar des Bandes *Des destinées de l'âme* des französischen Schriftstellers und Kunstkritikers Arsène Houssaye, vormals Geschäftsführer der Comédie-Française und Offizier der Ehrenlegion, das in Menschenhaut gebunden ist. Wenn man genauer darüber nachdenke, meinte Mijnheer Veenstra, so verdiene ein Werk über die menschliche Seele durchaus auch eine menschliche

Hülle. Schließlich sei die Haut jenes vielseitige Organ, das innen und außen nicht nur trenne, sondern auch verbinde. Der Antiquariatskatalog der Pfefferschen Verlagsbuchhandlung Berlin des Jahres 1936 habe, wie mich der gelehrte Herr aufklärte, drei Bände indianischer Märchen mit der Spezifikation *Gebunden in Menschenhaut* verzeichnet. Das einzige erhaltene Exemplar des selten nachgefragten Buches sei 1942 in Brügge versteigert worden und befinde sich – seines unmaßgeblichen Wissens, wie Mijnheer Veenstra vorsichtig einschränkte – am Ethnologischen Institut des Bennington College in Vermont. Bei dem Verfasser des von der Kränzlinschen Verlagsbuchhandlung zu Luzern angebotenen Exemplars handle es sich seinen Nachforschungen zufolge mutmaßlich um einen Tierpräparator und Plastinator namens Konrad Bronoth, der in dem Buch sein Innerstes ausbreite, das konsequenterweise deshalb auch von seiner eigenen Haut zusammengehalten werde. Er habe das Werk selbst in Händen gehalten, der Einband fühle sich einerseits weich, andererseits seltsam fest und strapazierfähig an und sei von einer für das Auge angenehm leichten Bräune. Ein Unwissender könnte sogar zu dem Eindruck gelangen, eine in feines Ziegenleder gebundene bibliophile Kostbarkeit zu berühren. Aber es sei Menschenhaut, die freilich nichts mit durchsichtig schimmerndem Pergament oder knisterndem altem Seidenpapier zu tun habe, wie landläufig fälschlicherweise immer wieder behauptet werde. Er für seine Person, meinte der noble Herr, habe übrigens begründete Zweifel, dass sich das fragliche Exemplar nach wie vor an der University of Otago in Neuseeland befinde. Gerade in den letzten Jahren seien nämlich mehrfach via Internet Käufer des Werkes in Erscheinung getreten, jedoch niemals persönlich. Sie hätten ihr Geschäft stets diskret über Strohmänner sowie diverse Deckadressen *online* abgewickelt. Wo sich das seinerzeit von der Kränzlinschen Kunst- und Verlagsbuchhandlung zu Luzern angebotene Exemplar augenblicklich befinde, entziehe sich leider seiner Kenntnis. Eine vielversprechende Spur führe allerdings in den Süden, genauer gesagt in die Hauptstadt Tirols, nach Innsbruck. Er selbst vertrete übrigens die von den wenigen Experten auf diesem Gebiet als gänzlich abstrus bezeichnete Theorie, das fragliche Werk sei nicht von jenem Tierpräparator Bronoth verfasst worden, sondern von einem namenlosen Einsiedler, denn es sei im letzten Jahrhundert bei Ausgrabungsarbeiten der Ehrenberger Klause östlich von Reutte aufgefunden worden, und zwar genau dort, wo sich die Festungsanlage des Burgen- und Festungsensemble Ehrenberg erhebt, die aus vier unterschiedlichen Teilen bestehe: dem Sperrgebäude der Klause, der Burgruine Ehrenberg, der Festung am Schlosskopf und dem Fort Claudia. Seiner Ansicht zufolge sei das Hautbuch von einem Klausner verfasst worden, und der Präparator Bronoth, der sonst den adeligen Tiroler Jagdherren für ihre Empfangshallen die Fasane und Auerhähne plastiniert hatte, sei es gewesen, der dem verstorbenen Einsiedler die Haut abgezogen und sein Buch gemäß seinem ausdrücklich schriftlich festgelegten letzten Willen in seine, will sagen, die Haut des Verfassers gebunden habe. Aber das sei nur seine persönliche Meinung, betonte Mijnheer Veenstra, die von den akademischen Experten naturgemäß verworfen und als unsinnig abgetan werde. Er jedoch frage sich, was habe ein Präparator schon groß zu erzählen im Vergleich zu der Lebensgeschichte eines Einsiedlers, der ja nicht als solcher auf die Welt gekommen sei, sondern zuerst einmal das eine oder andere Leben geführt haben müsse, ehe er sich für die Kartause entschieden habe. Hinter so einer Biografie stecke doch im Schwarzen unter dem kleinen Fingernagel mehr als in der mit Plunder überfüllten Werkstatt eines langweiligen Tierpräparators.

Da erinnerte ich mich, auf dem mir seit Kindesbeinen vertrauten Friedhof meines Heimatdorfes schon einmal den Namen Bronoth gelesen zu haben. Ich hatte ihn mir gemerkt, weil dieser Name in der Gegend unüblich war. Dort hießen die Leute beispielsweise Huizle oder Boldesser, aber niemals Bronoth. Es sei denn, es handelte sich um einen Flüchtling. Bei meinen Nachforschungen wenige Wochen später stieß ich lexikalisch auf einen gewissen Johann Nathanael Bronoth, 1711–1756, Mitglied der Londoner Royal Society, Chirurg und Erfinder diverser Mikroskope. Neben seinen physiologischen Arbeiten wurde dieser Professor Bronoth vor allem auch durch seine anatomischen Präparate und seine Erstbeschreibung der *Bronothschen Drüsen* bekannt. Begraben sei der Forscher in Berlin, eine Sammlung seiner Präparate befinde sich im Anatomischen Institut der Humboldt-Universität. Auf dem

Friedhof meines Nestes lag also bestenfalls ein entfernter Verwandter dieses Forschers.

***

Sollte das schon alles gewesen sein? Ich war enttäuscht, nicht mehr über das Hautbuch herausgefunden zu haben. Daraus erwuchs der Entschluss, der Angelegenheit jetzt erst recht nachzugehen und weiterzuforschen. Der Augenblick dafür war günstig, denn vor einem halben Jahr war ich in den Ruhestand getreten und verfügte über eine zwar nicht üppige, aber durchaus ausreichende Rente, um künftig das privilegierte Dasein eines Privatgelehrten führen und meinen persönlichen Interessen frönen zu können.

Sorgfältige Recherchen in diversen Bibliotheken und Archiven, in die ich mich mit stetig wachsender Leidenschaft stürzte wie in eine späte Liebesaffäre, verwiesen mich zuletzt auf einen Einsiedler, der nach dem Vorbild alttestamentarischer Wüstentheologie seine Erfahrungen als *Anachoret* aufgeschrieben und testamentarisch angeordnet haben soll, seine Gedanken in seine eigene Haut zu binden. Nach einem abenteuerlichen Leben oft jenseits der Grenzen von Sitte und Anstand habe er sich entschieden, die letzten Jahre seines Daseins als Eremit zuzubringen. Von nun an wolle er, ließ er verlauten, den Namen Bruder Konrad tragen, benannt nach seinem Vorbild Corrado Confalonieri, einem Adeligen aus dem Piacenza des 14. Jahrhunderts, von dem es hieß, er habe durch ein Feuer, das er zum Aufscheuchen des Wildes gelegt habe, eine Feuersbrunst ausgelöst, für die man einen Unschuldigen verantwortlich gemacht habe, der sogleich hingerichtet werden sollte. Daraufhin habe sich Corrado gestellt, sei mit seinem gesamten Vermögen für den Schaden aufgekommen und mittellos als Büßer auf Pilgerfahrt gegangen, bis er an die Südspitze Siziliens gelangt sei, wo er als Eremit gelebt, Kranke gepflegt und sich durch Gebetsversenkung in einen ekstatischen Zustand versetzt habe, in dem er auch gestorben sei.

Als Leit- und Schlüsselwort für meine Recherchen setzte sich der Begriff *Einsiedel* in mir fest, verbunden mit den dazugehörigen Attributen *Klause, Kartause* und *Eremitage.* Im Rahmen weiterer Nachforschungen zum Eremitentum im theologischen wie im weltlichen Sinne des Wortes stieß ich schließlich zufällig im Internet, das einen auf die abstrusesten Abwege zu locken versteht, auf die bisher unerforscht gebliebene Geschichte eines Tiroler Einsiedlers, von der ich von Anfang an das diffuse Gefühl hatte, sie hänge auf geheimnisvolle Art und Weise mit dem Buch zusammen, das seinerzeit im unregelmäßig erscheinenden Antiquariatskatalog der Kränzlinschen Kunst- und Verlagsbuchhandlung zu Luzern angeboten worden war – mit dem Vermerk: *Gebunden in Menschenhaut.*

***

Den Frühsommer letzten Jahres verbrachte ich als Feriengast im *Hotel Central* in Innsbruck. Geplant war, ein wenig in der Umgebung zu wandern und etwas für meine Gesundheit zu tun. Doch noch ehe ich mich in die freie Natur aufmachen konnte, musste ich, einem inneren Zwang folgend, die Altstadt erkunden, über einen Friedhof flanieren, alte Grabsteine entziffern, in Buchhandlungen und Antiquariaten stöbern. In der Herzog-Friedrich-Straße entdeckte ich, versteckt in einem Laubengang, *Gscheidts Parnassische Buch- und Literaturhandlung*, die ich auf der Stelle betrat. Rasch wurde ich in ein Gespräch mit dem Besitzer namens Leander Gscheidt verwickelt. Der Mann war etwa in meinem Alter, vielleicht ein paar Jährchen jünger, trug die Haartracht eines Altachtundsechzigers, maß an die zwei Meter und war sogleich überaus gesprächig, vielleicht, weil sonst keine Kunden im Laden waren.

Ehe er habe lesen können, erzählte mir der Buchhändler Gscheidt, der seinen Worten zufolge ursprünglich aus der Steiermark stamme und erst zum Studium in Innsbruck hängen geblieben sei, da sei er fast noch ein Flaschenkind gewesen, habe er sich schon vorgestellt, der liebe Gott, von dem damals noch viel die Rede gewesen sei, müsse ein Buch sein. Später habe er zu seiner Überraschung während des Stöberns in der Bibliothek des Dorfpfarrers bei einer gewissen Gwendolin Rees, die angeblich auf einer karibischen Insel geboren worden sei, in deren unvollendeten Lebenserinnerungen den nämlichen Gedanken wortwörtlich ausgedrückt gefunden. Auch die kleine Gwendolin habe sich Gott als Buch vorgestellt, manchmal groß, aufrecht stehend, halb aufgeschlagen, dann wieder klein und voller spitzer blitzender Dinger, wie das Nadelbüchlein ihrer Mutter.

Die größte Entdeckung seines Lebens aber habe er an jenem Tag gemacht, an dem er festgestellt habe, nach und nach immer mehr Wörter auf einmal lesen zu können. Damals habe er, noch ein Knabe im Grundschulalter, beschlossen, Buchhändler zu werden.

So erzählte mir der Herr Leander, und ich fand sogleich, Leander sei ein idealer Name für einen zwei Meter großen Buchhändler mit schulterlanger schwarzer Mähne. Seine Augen hatten die Farbe des Himmels und waren heiter, und der Buchhändler mit dem klingenden Namen war ein Mann, an dem alles alt und jung war zugleich, von der Kleidung bis zur Gesichtsfarbe. Er war, wie sich im Laufe des Gespräches herausstellte, das sich den ganzen Nachmittag lang erstreckte, der Eigentümer einer Buchhandlung für Bücher, die niemand lesen wolle. Wer in Tirol ein Buch geschrieben habe, das – aus welchen Gründen auch immer – nicht publiziert werde, könne es zu diesem Buchhändler bringen, der es katalogisiere, einordne, manchmal sogar einbinde, beispielsweise in altes Butterbrot- oder Packpapier und für mögliche Leser Tag und Nacht bereithalte, denn die Buchhandlung habe, wie das von mir übersehene Schild im Schaufenster verrate, täglich 24 Stunden geöffnet. Der Buchhändler verriet mir, die meisten der Bücher würden nachts gebracht, weil sich deren Verfasser am Tage ihrer Arbeit schämten.

Ich wollte auf der Stelle wissen, wie man auf die Idee für so eine verrückte Buchhandlung komme.

Man lese einen Roman von Richard Brautigan, erklärte der Herr Leander, und was in der Sacramento

Street zu San Francisco funktioniere, das klappe auch in Tirol. Noch Fragen?

Die Buchtitel, so erfuhr ich außerdem, die nicht selten recht ungewöhnlich seien, trage der Buchhändler handschriftlich in ein großes Hauptbuch ein, das wie ein offenes altes Rechnungsbuch auf einer angeschrägten Schreibpultfläche lag und mehr Lesebändchen aufwies als das Messbuch auf dem Hochalter in der Kirche meiner Kindheit. Nachdem der Buchhändler das Buch gemäß den Regeln der Bibliothekswissenschaft verzettelt habe, suche er ihm einen entsprechenden Platz in den vom Fußboden bis zur Decke reichenden Regalen, deren Holz übrigens aus den alten Beichtstühlen der Innsbrucker Hofkirche stammte, zu der man auch Franziskaner- oder Schwarzmander Kirche sage wegen der überlebensgroßen Bronzefiguren, welche das leere Grabmal Kaiser Maximilians bewachten. Dort sei auch die schwedische Königin Christina zum katholischen Glauben übergetreten, und später habe man genau dort den Tiroler Freiheitskämpfer Andreas Hofer mit seinen Kampfgefährten Josef Speckbacher, dem Kapuzinerpater Joachim Haspinger und seinem Sekretär Kajetan Sweth begraben. Es gleiche einem Wunder, ließ mich der Buchhändler wissen, dass er trotz hoffnungslos überfüllter, aus allen Nähten platzender Regale immer wieder eine Lücke für eine ihm anvertraute Lieferung finde. In den letzten Jahren sei jedoch die Anzahl der heimlichen Schriftsteller geradezu explodiert. Als ich wissen wollte, ob das an den zahllosen Selbstverlagen oder an der Erfindung elektronischer Bücher liege, winkte der Buchhändler ab und flüsterte mir vertraulich ins Ohr, der Hauptgrund sei das Verschwinden der *Kulturtechnik* des Schreibens. Die Kinder lernten nach den neuesten Vorschlägen aus dem Ministerium in der Schule keine Schreibschrift mehr, sondern nur noch Druckbuchstaben und würden durch Telefon und Computer schon im Kindergarten zum Tippen, Berühren und Wischen erzogen, was man mittlerweile auch an Fehlbildungen überlanger Daumen feststellen könne. Damit einher gehe ein zunehmender Verlust des Sprach- und Ausdrucksvermögens, was in jeder pädagogischen Fachzeitschrift nachzulesen sei. Auf eine Tastatur eindreschen aber könne jeder, dazu bedürfe es keiner besonderen Intelligenz. Der Buchhändler erzählte mir, er gehöre noch zu jenen, die selbst läsen. Bücher seien schon immer der einzige Trost in seinem einförmigen Leben gewesen. Er habe auch nie etwas anderes werden wollen als Buchhändler, und glücklicherweise habe er vor vielen Jahren eine kleine Erbschaft gemacht, die es ihm erlaubt habe, diese Buchhandlung zu eröffnen. Sie habe sein ganzes Kapital verschlungen, und darüber sei keiner glücklicher als er. So sei das Geld gut angelegt. Ein Tag ohne Lektüre zeige ihm, wie lange die Ewigkeit sein könne. Wenn er die Klassiker lese, so glaube er fest daran, die alten Dichter schrieben noch heute. Für ihn gebe es keine toten Schriftsteller, sie alle lebten in ihren Büchern weiter und schrieben ohne Unterlass. Wolle man nicht die bücherlosen Wände hochgehen, so müsse man nur lesen. Er könne Menschen, die nicht lesen, nicht verstehen. Lesen sei doch allemal sinnvoller, als seine Zeit mit Fußball oder sonst einer geistlosen

Sportart zu vergeuden. Läsen die Menschen mehr, wäre es um unsere Welt besser bestellt, betonte er mit Nachdruck. Gottlob habe ihn bisher der Pleitegeier verschont, der schon oft über den Buchhandlungen des ganzen Landes gekreist sei. Neulich seien nachts einige Exemplare aus den Regalen gepurzelt. Er habe dies als Fingerzeig des Büchergottes genommen, sie wieder einmal in die Hand zu nehmen und in ihnen zu schmökern. Schon als junger Mensch sei er für jemand gehalten worden, der vollständig aus der Zeit gefallen sei, doch in Wirklichkeit habe keiner die Zeit intensiver erlebt als er, denn nur wer lese, lebe nicht nur ein einziges, sondern tausend Leben und mehr. Er schätze nur Kunden, die immer gleich sämtliche lieferbaren Bücher eines Autors verlangten und sich nicht mit irgendwelchen Kostproben zufriedengeben wollen. Bisweilen weigere er sich, Bücher überhaupt zu verkaufen, weil er sie vor gewissen Lesern schützen müsse. Gegenüber hartnäckigen Kunden behaupte er dann frech, der Titel sei soeben vergriffen, nicht mehr lieferbar oder überhaupt nie erschienen. Besonders muffig sei er zu solchen, die nach einem Buch verlangten, das irgendein eierköpfiger schwäbelnder Schwätzer tags zuvor im Fernsehen empfohlen habe. Sogenannte Schnupperer, die kurz und unverbindlich in einem Exemplar blättern wollten, weise er scharf zurecht, sagte der Herr Leander: Man gehe auch nicht in ein Restaurant und nehme dies und das beliebig von einem fremden Teller.

Er sagte, sein Ehrgeiz sei es zu verhindern, dass bestimmte Bücher in die falschen Hände kämen. Man verkaufe schließlich auch keinen handgeknüpften

Perserteppich an jemanden, der Auslegware für eine Schlosserei suche. Andererseits drücke er, betonte Herr Leander, bei Bücherdieben gerne einmal ein Auge zu, besonders wenn sie noch jung seien. So manches geklaute Buch habe er aus eigener Tasche bezahlt und den Dieb mit der Bemerkung entkommen lassen, wer ein derartiges Risiko eingehe, nur um ein bestimmtes Buch zu besitzen, der müsse ein besessener Leser sein und das Buch dringend benötigen. Derlei falle nach seinem Rechtsverständnis unter Mundraub, und der sei bekanntlich nicht strafbar.

Sofern ich noch an weiteren Titeln, seltenen Ausgaben und Handschriften interessiert sei, verweise er mich auf sein Außenlager in Altfinstermünz, der historischen Grenzfestung gegen Graubünden. Möglicherweise verberge sich dort auch so mancher Hinweis auf den von mir gesuchten Einsiedel. Zuerst habe er ja geglaubt, gestand der Buchhändler, es handle sich dabei um den Eremiten von St. Magdalena im Gschnitztal, der, wie die Dorfchronik von Gschnitz berichte, gerne nachts um die Höfe geschlichen sei und die Rauchkuchln aufgesucht habe, wo er so manches Stück Geselchtes habe mitgehen lassen. Auch auf Weiberröcke soll er scharf gewesen sein wegen der Entwöhnung in der Einsiedelei, bis ihn die Gendarmen eines schönen Tages mitgenommen und draußen in Kufstein für etliche Jahre ins Loch gesperrt hätten. Was aus ihm geworden sei, habe er nicht in Erfahrung bringen können, schränkte Leander ein, aber wenn ich es wünsche, dann klemme er sich einmal dahinter, denn er habe in ganz Tirol seine Spezln verstreut, die ihm fraglos weiterhelfen würden.

Ich verließ die Buchhandlung mit einem Pack historischer Bücher zu diversen Burgen in Tirol, als es bereits eindunkelte, jedoch nicht, ohne mich mit dem allseits kundigen Mann auf den Abend zu einem Glas Roten im *Café Central* verabredet zu haben.

Nach der ersten Flasche *Schreckbichl Kalterer See* in leuchtendem Rubinrot, mit fruchtigem Aroma nach roten Beeren und Kirsche sowie angenehm mildem Geschmack mit samtig weichen Gerbstoffen und saftig-fruchtiger Säure, beschlossen mein neuer Freund und ich, gemeinsam nach Altfinstermünz zu fahren und nach dem Einsiedel der Ehrenberger Klause zu forschen. Wir waren beide, ermutigt durch den Geist des Weines, überzeugt, fündig zu werden, denn Altfinstermünz beherbergte zahlreiche ungehobene Schätze, seit es als Grenzfestung gänzlich an Bedeutung verloren hatte und aus dem Blickfeld der Öffentlichkeit geraten war.

Fines tra munt lautete die rätoromanische Bezeichnung für Finstermünz. Schon zur Römerzeit gab es an dieser schluchtartigen Talenge des Inns einen Flussübergang, der nachgerade zur Maut-Erhebung herausforderte. Altfinstermünz besteht aus einer Brücke mit einem Pfeiler und dem Brückenturm, der Zollstätte Sigmundseck auf der Anhöhe über einer Höhlenburg, einem fünfgeschossigen Klausenturm als Straßensperre sowie einer Kapelle. Über der Tordurchfahrt des Brückenturms lagen eine Wachstube und eine offene Herdstelle für die Mannschaft. Anlage und Straße waren durch eine Sperrmauer mit Fenstern und Schießscharten entlang des Berghangs gesichert. Hier führte die Via Claudia Augusta vorbei, die Erhebung der Maut lässt sich seit 1300 nachweisen. Mit der späteren Verlegung des Zollamtes nach Martinsbruck verlor die Stätte an Bedeutung. Der letzte Zöllner kaufte die Anlage und errichtete eine Brauerei mit Gastwirtschaft, die sich noch eine Weile unter wechselnden Besitzern hielt. Ihr Schicksal besiegelt wurde jedoch mit dem Bau der Reschenstrasse Mitte des 19. Jahrhunderts. Finstermünz geriet ins Abseits und verfiel, bis sich ein Mäzen fand, der das Gemäuer wieder aufrichtete und in ein Privatarchiv zur *Verborgenen und Geheimen Geschichte Tirols* verwandelte.

Der Innsbrucker Buchhändler Leander Gscheidt war stiller Teilhaber dieser Initiative und nutzte die Räumlichkeiten als Zweigstelle seiner *Parnassischen Buch- und Literaturhandlung*, denn sein Lebenstraum war die Errichtung eines riesigen Tiroler Bücherturmes.

An die zehn lange Tage arbeiteten wir uns gemeinsam durch einen Wust von Urkunden, Papieren, Dokumenten und Nachlässen, bis wir endlich fündig wurden und ein Konvolut entdeckten, das aus mehreren in sich verschnürten Bündeln handschriftlicher Aufzeichnungen, alter Rechnungen, Briefen, Tagebuchblättern und amtlichen Dokumenten bestand. Auf dem Pappkarton zuoberst war zu lesen: *Der Eremit zu Ehrenberg. Eine Selberlebensbeschreibung seines wunderlichen Schicksals.*

Aus Freude über unseren Fund, der uns zwar nicht dem verschollenen Hautbuch, jedoch möglicherweise der Person des Verfassers desselben näherbrachte, köpften wir mehrere Flaschen *Schreckbichl*, ehe wir mit dem umfangreichen Fund nach Innsbruck in die *Parnassische Buch- und Literaturhandlung* zurückkehrten, um ihn auszuwerten, Wesentliches von Unwesentlichem zu trennen, Register und Regesten zu erstellen, bis es zuletzt gelingen würde, ein in sich schlüssiges, übersichtliches und nacherzählbares Lebensbild des Einsiedlers herauszudestillieren.

ZWEITER TEIL

Es war ein wunderschöner Tag im späten September, die Blätter färbten sich prächtig, und die Landschaft des Inntales bekam jenen melancholischen Charakter, der zu den Bildern des Filmes *Die Freiheit des Adlers* passte, die mir durch den Kopf gingen, als wir mit dem Auto gemächlich über wenig befahrene Landstraßen dahinglitten. Bald erreichten mein Freund Leander Gscheidt und ich die Passhöhe des Fernsteinpasses. Schon von weitem sah man auf dem Hügel den Turm, der den Kern der dort errichteten Festung Fernstein bildete. Obgleich sich die Bedeutung des imposanten Gebäudes im Laufe der Zeit erledigt hatte, wurde das beeindruckende Gemäuer weiterhin unterhalten. Von meinem auch landeskundlich stupend belesenen Gastgeber erfuhr ich, dass Burg Fernstein sowohl im Ersten als auch im Zweiten Weltkrieg militärisch besetzt und mit Flugabwehrgeschützen ausgerüstet worden war, die gut getarnt in den Fels gegraben worden seien. Auch während des Kalten Krieges sei eine militärische Einheit in der Festung geblieben, die der Überwachung des Luftraumes diente. Erst nach dem Zerfall der Sowjetunion sei das Militär endgültig aus der Festung abgezogen worden. Von nun an fehlte der Feind.

Wir parkten den Wagen, um sogleich mit dem Aufstieg zur Festung Fernstein zu beginnen. Es ging kurz, aber sehr steil bergan, und wir kamen tüchtig ins Schwitzen. Nebenbei erzählte mein gelehrter Mentor von der harten Arbeit beim Bau der Festung, die mich, je näher ich ihr kam, an das Château d'If denken ließ, in dem der legendäre Graf von Monte Christo gefangen gehalten wurde.

Da auf der Passhöhe nicht genügend Material vorhanden gewesen sei, habe man die mächtigen Steinblöcke von Hand auf die Spitze des Felsens gebracht. Um für diese schier unmenschlich anstrengende Aufgabe ausreichend Arbeitskräfte zu erlangen, sei in der damaligen Rechtsprechung eine neue Strafe eingeführt worden: die sogenannte *Fernsteinfron*, deren Strafmaß von einigen Jahren bis lebenslang gereicht habe. Aus dem gesamten Land Tirol seien Strafgefangene zu dieser Arbeit herangezogen worden, darunter Schwerverbrecher, Mörder, Raubmörder, Gewalttäter und Fälscher, aber auch Kleinkriminelle wie Diebe und Vagabunden. Schon 1288 sei die Burg eine landesfürstliche Wehranlage zur Kontrolle der Straße gewesen, bestehend aus Wohnturm, Wegsperre und Zollstätte. Im 15. Jahrhundert habe Sigmund der Münzreiche die Anlage erweitert und eine Nothelferkapelle errichten lassen.

Um Fluchtversuche zu verhindern, seien die Gefangenen mit einer Fußfessel versehen worden, an der eine Kette mit einer zwei Kilo schweren Eisenkugel befestigt gewesen sei. Renitente oder fluchtverdächtige Gefangene habe man gezwungen, eine sogenannte Eisenkrone zu tragen, womit eine bis zu 36 Kilo schwere eiserne Weste bezeichnet wurde. Aufgrund der harten Arbeit und der miserablen Lebensumstände sei die Sterblichkeit hoch gewesen. Jeden Winter seien bis zu 20 Prozent der Gefangenen verstorben, bis die *Fernsteinfron* abgeschafft und die meisten Gefangenen nach Innsbruck verlegt wurden.

Schließlich kam der Herr Leander, als wir auf der windigen obersten Ebene der Festung standen und weit hinein ins Inntal schauen konnten, auf den berühmtesten Gefangenen der Festung Fernstein zu sprechen: jenen gewissen Marandjosef. Er sei damals zu lebenslanger *Fernsteinfron* verurteilt worden, und er sei ein Vierteljahrhundert in der Festung eingesperrt gewesen.

Da ich mehr über diesen Gefangen erfahren wollte, begannen mein Gastgeber und ich, uns während des Rundgangs und der Besichtigung der zwar geräumigen, aber erschreckend kalten und niedrigen Zellen Marandjosefs Geschichte vorzustellen.

Noch heute vermutet man im Außerferner Land an zahlreichen Orten, Marandjosef habe dort einen seiner Schätze begraben, denn Marandjosef war ein Dieb. Doch auch wenn mit modernstem technischem Gerät ausgestattete Hobby-Archäologen die Gegend umpflügten: Sie fanden nichts. Marandjosef war vielleicht doch zu schlau. Das darf nicht verwundern bei einem Mann, dessen Geschichte durch das gesamte 19. Jahrhundert hindurch erzählt wurde. Es gibt gewiss andere Diebe, meinte der Herr Leander, die vor Gericht standen – aber niemand außer Marandjosef habe so anschaulich und mitreißend darüber berichten können, wie es sich angefühlt habe, in der Kirche am Schandpfahl zu stehen oder am Marktplatz vierzig Paar Schläge mit der Rute zu bekommen, bespuckt vom sensationslüsternen Pöbel, um schließlich in den Jahren nach Beendigung seiner Haft in Gasthöfen und auf Märkten von seinen früheren bunten Abenteuern zu erzählen.

Die frühesten Zeugnisse aus Marandjosefs Schulzeit sprechen eine deutliche Sprache. Es heißt, er habe schon damals eine auffällige Neigung zum Ungehorsam gehabt, habe die Christenlehre mehrfach geschwänzt und stattdessen mit übel beleumundeten Freunden Karten gespielt und bei Zeiten gelernt, wie man auf unauffällige Art in fremde Zimmer und Häuser gelange. Mit kleinen Diebstählen habe es angefangen. Gerichtsprotokolle vermerken gestohlenen Trockenfisch, entwendete Hühner, Hanf und ein paar Körbe Wolle, die Marandjosef kaltschnäuzig verkauft habe, obwohl allseits bekannt gewesen sei, dass er gar keine Schafe zum Scheren gehabt habe.

Das Jahr 1785, es ist das Jahr seiner Geburt, teilt der später berühmte Dieb von Tirol mit dem deutschen Märchensammler Jacob Grimm, aber auch mit dem italienischen Dichter Alessandro Manzoni. Schiller veröffentlichte seinen Aufsatz über *Die Schaubühne als moralische Anstalt* und Kant seine *Grundlegung zur Metaphysik der Sitten*. Mozart wird Freimaurergeselle und komponiert sein Klavierkonzert *Es-Dur*, während die erste Überquerung des Ärmelkanals mit einem Freiluftballon gelingt und die Halsband-Affäre das Ansehen der französischen Krone schwächt.

Doch all diese Geschehnisse berührten die kleine Stadt Vils nicht, in der Josef Maria, wie es im Taufregister heißt, als drittes Kind der Wirtsleute Johann Jakob und Magdalena Gumper (oder Gamper? – Die Schrift des Kanzleischreibers ist schlecht lesbar) geboren wurde. In jenen Tagen gehörte Vils westlich des Lechs noch zu Innerfern. Erst anno 1814/15 fällt Tirol an Österreich zurück und mit ihm das Brixental, das Zillertal sowie Vils, um wiederum Grenze zu sein, nur diesmal gegen die andere Seite. Der Ort schien prädestiniert, ein ständiger Zankapfel zu sein, und wer aus ihm kam, der lebte immer auf Messers Schneide. Damals bildete sich die Redensart aus: „Vils isch a Stadt wia a Nuss. Wer vorna einfährt, isch hinda scho mea duss." Das Städtchen liegt unweit der Mündung des Flusses Vils in den Lech, wird im Süden von den mächtig aufstrebenden kahlen Gebirgsspitzen Kegel und Rosslag, im Norden vom Unterberg angeschaut, im Inneren abgeteilt in die Hauptgasse, in die Vorstädte ober und unter dem Tor, und in die Hintere Gasse. In annähernd hundert Häusern lebten gut 120 Familien zu mehr als 500 Köpfen, davon weniger als die Hälfte männlichen Geschlechts sind. In der Mitte der Stadt erhob sich das Amtsgebäude, die Pfarrkirche enthielt einige durchaus vorzeigbare Christusdarstellungen sowie die Grabstätten ehemals bedeutender Herren der Stadt. Am linken Ufer der Vils, der Stadt gegenüber, ragte in der Mitte des Unterberges die Burg Vilsegg hervor, worauf einst die Herren von Hohenegger ansässig waren. Die Stadt Vils steht auf dem Grund vertriebener Juden, kam in den Besitz der Edlen von Vilsegg, erhielt Stadtrecht schon anno 1327 und ging nach dem Dreißigjährigen Krieg in österreichischen Besitz über, nachdem sie eine Zeitlang der Stadtpfarrei Füssen zugehörig gewesen war, mit der es öfter blutigen Streit gegeben hatte. Im Dreißigjährigen Krieg erreichte „das Drangsal für Vils eine beweinenswerthe Höhe", wie es in den Urkunden heißt: „Der Schwedentrunk übte seine Grausamkeit an den Gequälten. Die unglücklichen Trinker wurden mit Riemen an Händen und Füßen festgebunden, ihr Mund mit einem Knebel aufgesperrt und mit schamloser Pisse so vollgegossen, dass Magen und Mund überflossen. Dabei stampfte man die Magengegend mit Füßen, bis der Gequälte starb. Dazu kamen Einquartierungen, Lieferungen von Lebensmitteln an Freunde und Feinde." Im Jahre 1635 wütete die Pest und raffte innerhalb zweier Monate mehr als 100 Personen dahin. Lange Zeit zum Gericht Ehrenberg gehörig erhielt Vils Ende des 17. Jahrhunderts einen eigenen Stadtrichter und Urbarsverwalter, der kraft eines Aktes von Maria Theresia auch befugt wurde, über Blut zu richten. Ein zeitgenössischer Reiseführer merkt zur Stadt Vils an: „Die Gegend ist kalt, von Nordwinden häufig verheert, unergiebig an Getreide und geistvoller Abwechslung."

***

Als Marandjosef acht Jahre alt war, starb der Rabenwirt am Schlagfluss und hinterließ eine ratlose Witwe, die manchen schweren Winter überstehen musste, bis sie das Glück hatte, einen braven neuen Mann zu finden, der sich gleichfalls aufs Wirtschaften verstand und künftig mit glücklicher, aber durchaus strenger Hand das Geschäft und die Familie führte.

Schon die ersten Geschichten, denen das Lockenköpfchen Marandjosef atemlos im Wirtshaus zuhörte, ängstlich in eine Ecke gedrückt und doch glühend vor Neugier, handelten von Gold, Silber und unermesslichem Reichtum. Unterhalb der Burg Vilsegg soll vor Jahren ein Männlein gelebt haben, das einmal im Jahr auf die Burg aufgestiegen sei, um ein Säcklein feinsten Sand zu holen. Doch in Wirklichkeit sei es kein Sand, sondern Goldstaub gewesen, von dem das Männlein ein ganzes Jahr habe gut leben können. Erst kurz vor seinem Tod soll es seinem Nachbarn, der ihm oft geholfen habe, die Stelle nahe der Burg verraten haben, wo er den Sand finden könne. Der Nachbar habe sich sofort auf den Weg gemacht, doch trotz eifrigen Suchens nichts gefunden außer Steine. Wütend sei er zu dem Sterbenden zurückgekehrt und habe ihn zur Rechenschaft ziehen wollen, doch das Männlein sei da schon verschieden gewesen und habe so sein Geheimnis mit ins Grab genommen.

Der Knabe wuchs heran, blieb aber mädchenhaft zart, kränklich und schwächlich, indes selbst seine jüngeren Geschwister rascher wuchsen, weitaus kräftiger gediehen und ganz nach dem Vater kamen, der ein Mannsbild wie ein Baum gewesen war. Für die bäuerliche Arbeit taugte Marandjosef nicht, oft genug ging er seinen Eltern und dem Gesinde im Weg um, er war verträumt, hielt sich gern beim Vieh auf und schien den Tag offenen Auges zu verschlafen, während er nachts oft aus dem Schlaf schreckte und gellend aufschrie. Niemand hat je herausgefunden, welche bösen Geister das Kind da heimsuchten und es zu solchem Erschrecken brachten. Zwar bog ihm der Pfarrer nach und nach das Lesen bei, gebrauchte dabei aber mangels Geduld öfter als nötig den Rohrstock, weswegen dem Kind das Wort *einbläuen* geläufig wurde.

Doch im Rechnen war das Bürschlein schneller. Am aufmerksamsten aber war es in der Wirtsstube, wenn es galt, sich die ausgespielten Spielkarten der Stammgäste zu merken. Flugs lernte er die Bedeutung von Karo, Kreuz und Ass, und der sonntägliche Gang zur Kirche erhielt erst seinen Sinn beim Kiebitzen am Stammtisch nach der Messe. Danach trieb sich der Magermilchkrüppel, wie ihn die Bauern abfällig nannten und dabei lachend ihre schwarzen Zahnstummel zeigten, bei den Mägden oder in der Küche herum, weswegen Vater und Mutter eines Tages beschlossen, ihn einmal Koch lernen zu lassen, zumal er schon als Kind ein Haferlgucker war, sich bei der Feldarbeit als untauglich erwies und kaum eine Mistgabel halten konnte, so zart und feingliedrig gebaut, wie er war. Längst hatte sich eingebürgert, dass ihn seine Umgebung nicht mehr Josef oder Seppi rief, sondern nur noch Maraundjosef oder, maulfaul, wie die Leute halt sind, Marandjosef. Oft versteckte sich das Kind, das sich seiner Storchenbeine schämte und vergeblich prüfte, ob ihm am spindeldürren Oberarm nicht doch ein paar kleine Muskelnüsschen wachsen wollten, im Heu in der Scheune, versorgte sich in der Rauchkuchl oder kostete von den Bierneigen, die von den Trinkern in den Krügen übriggelassen wurden. Sobald er entdeckt wurde, setzte es Schläge, und der zum Jähzorn neigende Stiefvater hielt nach einer Bastonade oft auch noch ein Büschel geschneckeltes Kopfhaar in Händen. All das war schnell vergessen, wenn die gewachsten Tanzböden mit Leben erfüllt wurden, die Röcke schwangen und das Kartenspiel jene Hitze erreichte, die dem allzu wissenden Kiebitzer die Röte ins Gesicht trieb.

Einmal vergaß ein betrunkener Spieler seinen Geldbeutel, der ihm schon zu Zweidrittel aus der Hosentasche hing. Marandjosef griff rasch und wie von Geisterhand geführt zu, denn dieser Versuchung konnte er unmöglich widerstehen. Der Bestohlene merkte es nicht und hätte es auch anderentags nicht gemerkt, wenn nicht die Mutter ein waches Auge auf ihr Büblein gehabt und ihm unter Androhung von Höllenpein und Grünundblauschlägen befohlen hätte, den Beutel auf der Stelle dem Bauern zurückzugeben, eingewickelt in die Notlüge, er müsse ihm wohl im Eifer des Tarockierens aus der Tasche gerutscht sein und er, der ehrliche Josef, habe ihn unter der Wirtshausbank gefunden. Das rührte den Alten derart, dass er die Börse öffnete, darin ein wenig herumklimperte und schließlich dem angeblichen Finder eine Münze in die Hand drückte. Da begriff der schlaue Marandjosef, wie leicht es doch war, mit einem kleinen Schwindel etwas zu verdienen, so viel leichter als bei Feldarbeit oder Küchendienst, und dass es wenig brauchte, um als ehrliche Haut zu gelten, ohne es zu sein. Das fromme Geschau eines naiven Mädchen tat sein Übriges, und der Gauner erkannte erstmals, dass es nicht immer nur von Nachteil war, zart gebaut zu sein, ein fein geschnittenes Gesicht, einen Lockenkopf und dünne Ärmchen zu haben.

Als er die aufgetragenen Sachen seiner älteren Schwester anziehen musste, passte ihm das anfänglich nicht, aber bald ließ sein Widerwille nach. Schon schlich er sich, sobald die Mägde auf dem Feld waren oder im Stall, in deren Kammer und probierte heimlich Röcke und Blusen an und spürte durch und durch, wie gut ihm diese standen und wie wohl er sich darin fühlte. Am liebsten hockte er im Winter bei den Störnäherinnen um den Ofen, lauschte ihrem Geschnatter, dem Gekicher und den Geschichten, die sie von den einzelnen Höfen mitbrachten, wo sie sich verdingten. Nachts betete er, ein paar Jahre älter geworden, darum, dass ihm ein Busen wachsen möge, eine sanfte zarte Wölbung, nur nicht allzu auftragend wie bei der Mutter. Er wollte nicht länger flach sein wie ein Brett und nie mehr von den Bauern das demütigende Wort *Magermilchkrüppel* hören, das sie ihm nachriefen, wenn sie seinen Namen nicht nennen wollten. Sobald er daran dachte, wie die Mädchen ohne Hemd aussahen, musste er an sich herumspielen, bis ihm ganz anders wurde und er sich durch und durch als Mara und nicht länger als Josef fühlte. Ob die anderen Knaben davon wussten, fragte er sich, denn sobald er sich abseits hielt und ihre Mutproben weder kapierte noch bestand, riefen sie ihm voller Hohn nach: *Du Mädchen*!

Der Franziskanerpater Joachim Haspinger predigte den Tirolern, der „Wolf aus Korsika“ suche das Land heim, blute es aus, wolle den Glauben ausrotten, die Seelen verderben und die jungen Männer rauben: Napoleon! Es waren die wirren Zeiten der Koalitionskriege, in denen sich Marandjosef durchs Leben schwindelte, stahl und betrog. Doch bald würden Andreas Hofer, Haspinger und die Tiroler Schützen die Tore der Hölle öffnen und den Franzosen und den Bayern zeigen, dass sie mehr seien als nur „rosenkranzschnarrende Knödelfresser". Im Frieden von Preßburg musste Österreich 1805 nach der verlorenen Schlacht von Austerlitz das Land Tirol an die mit Napoleon verbündeten Bayern abtreten. Die Bayern führten sich auf als die Vollstrecker Napoleonischer Willkür, die sie für die Aufklärung hielten, etablierten ein neues Steuersystem, hoben Klöster auf, verboten die alten Bräuche und religiöse Zeremonien wie Wallfahrten, Prozessionen, das Wetterläuten und am Ende sogar die Christmette. Besonders arg für die Tiroler war die Außerkraftsetzung des Landlibells von 1511, in dem Kaiser Maximilian festgeschrieben hatte, dass die Tiroler nur zur Verteidigung der eigenen Landesgrenzen verpflichtet waren und zu keinem Krieg außerhalb der Grenzen eingezogen werden durften. Jetzt aber konnten die Bayern für Napoleon die Tiroler Söhne zu den Soldaten ziehen. Wer floh und geschnappt wurde, der wurde erschossen, jedwede Disziplinlosigkeit wurde mit drakonischen Prügelstrafen und Festungshaft geahndet. Entkam dennoch einer, mussten seine Eltern und Geschwister für ihn büßen. Dagegen regte sich Widerstand. Als im März 1809 die ersten Rekruten ausgehoben werden sollten, griffen die Bauern zu den Waffen, läuteten in den Dörfern die Sturmglocken, Soldaten wurden gefangen genommen, entwaffnet und gewaltig verdroschen. Napoleon sah sich einem „Heer von Kuh- und Ziegenhirten" gegenüber. Im April 1809 stürmten Tiroler Schützenregimenter Innsbruck. Dreimal gelang es ihnen, mit Überraschungsangriffen, Hinterhalten und Steinlawinen Franzosen und Bayern aus dem Land zu jagen. Das Schicksal Tirols wurde jedoch auf den Schlachtfeldern Europas entschieden. Noch am Tag des Friedensschlusses nach dem 5. Koalitionskrieg gab Napoleon im Oktober 1809 den Befehl, Tirol endgültig zu unterwerfen. Ende November musste Andreas Hofer auf die Pfandleralm fliehen. Raffl, einst sein braver Mitstreiter, verriet sein Versteck, Hofer wurde verhaftet, nach Mantua verbracht, abgeurteilt und am 20. Februar 1810 standrechtlich erschossen. Erst 1814 kam Tirol wieder zu Österreich. In solchen Zeiten musste jeder sehen, wo er blieb.

Marandjosef begriff das schnell, ging der Soldateska konsequent aus dem Weg und suchte sich abseits von Politik und Militär als diebische Magd seine eigenen Wege. Eine wandernde, auf den verstreuten Höfen Arbeit suchende junge Frau fiel nicht weiter auf, sie musste sich nur geschickt dem Ansinnen der Männer erwehren, die leicht zudringlich wurden, zumal wenn sie zu tief ins Glas geschaut hatten.

Eines der ersten Verstecke, die Marandjosef ausgekundschaftet hatte und wo er vor den Hänseleien der Geschwister, der Gleichaltrigen und der Bauern in der

Wirtsstube, später aber auch vor dem Zugriff der Gendarmen sicher sein konnte, war das Schloss im Loch am Burgschrofen des Schwarzenberges im benachbarten Pinswang. Das ist nahe dem Grab des heiligen Ulrich.

Als dieser im nächstgelegenen Musau seinen Tod kommen spürte, bat er die Musauer, seinen Leichnam auf einen Karren zu legen, der von zwei frischen Ochsen gezogen werden sollte, die vorher nie einen Karren gezogen hatten. Die Ochsen würden den Weg zu der Stelle wissen, wo er begraben werden wollte. Tatsächlich zogen die jungen Ochsen den Wagen mit dem Sarg durch den Lech bis nach Pinswang, wo sie plötzlich stehen blieben und keinen Schritt weitergingen. Dort begrub man den heiligen Ulrich und legte einen Stein auf das Grab, aus dem im Sommer jedes Jahr Erdbeeren sprießen.

Daneben befindet sich eine der drei rätselhaften Höhlenburgen im Außerfern. Es handelt sich um eine Naturhöhle, gut dreißig Meter breit und an die zehn Meter tief. Marandjosef stellte sich vor, dass sich hier in diesem idealen Versteck für den Dieb wie für dessen Beute bereits steinzeitliche Jäger verborgen und Hirten Zuflucht vor Unwettern gesucht hatten. Auf der Felsplatte vor der Höhle fanden sich seltsame Zeichen und Darstellungen, die er sich nicht erklären konnte. Aus den Gesprächen der alten Männer am Wirtshaustisch hatte er erfahren, dass die Herren von Vilsegg den Eingang der Höhle einst durch eine Mauer verschließen ließen, diese aber bald wieder aufgebrochen worden war, um die Höhlenburg als Vorposten gegen die marodierenden Schweden zu verwenden. Man erzählte sich freilich auch, Raubritter hätten die Höhle einerseits als Versteck für ihre Überfälle, andererseits aber auch als Aufbewahrungsort für ihre Beute genutzt. Dieser Gedanke hatte deshalb einiges für sich, da die große Handelsstraße nach Norden nicht weit von der Burg vorbeiführte und ein Hinterhalt an dieser Stelle durchaus erfolgversprechend gewesen sein musste. Das gefiel dem nach eigenem Diebesgut lechzenden Marandjosef besonders gut, weswegen er sein Lebtag auch gerne Raubrittergeschichten hörte. Aber nicht nur die Burg selbst war seltsam, sondern auch der sie umgebende Wall, der Schutz bot, noch ehe man ins Innere der Höhle vorgedrungen war. Hinter dem Wall liegend hatte man einen guten Blick auf vorbeifahrende Kaufleute und konnte bestens abschätzen, ob sich angesichts der Anzahl von Begleitern ein Überfall lohnte oder ob man lieber die Finger davon ließ und im Verborgenen auf den nächsten Salztransport wartete. Alles, was geheimnisvoll und rätselhaft war, zog Marandjosef an und verwandelte sich in seinem Kopf zu einem Gespinst von Träumen und Sehnsüchten.

Trotz seines seltsamen Hanges zu Frauenkleidern habe man dem Vilser Dieb, wie man sich erzählte, eines lassen müssen: Er habe einen mächtigen Schlag bei den Frauen gehabt. Meist sei er von mehreren berockten Wesen umgeben gewesen, denn er habe, schillernd zwischen Jüngling und junger Frau, unverschämt gut ausgesehen und seinem Charme zu widerstehen sei unmöglich gewesen. Mit seinen Lumpereien habe er mächtig Eindruck gemacht, aber auch mit seinen ersten Strafen anno 1802: Vierzig Paar Schläge mit der Rute und einen Sonntag Schandstrafe in der Kirche, während seine Gefährtin der frühen Jahre, eine gewisse Katharina Andermatt, eine Dienstmagd aus dem Bündner Land, zwanzig Tage bei Wasser und Brot bekam. Zwei Jahre später trieb sich der Kerl schon in Innsbruck herum und wohnte zusammen mit einem anderen Mädchen. „Sie hatte wirklich eine große Zärtlichkeit und Zuneigung zu mir", schrieb er in seinen Aufzeichnungen: „Wenn mir das Geld ausging, teilte sie alles, was sie verdienen konnte, mit mir, aber sie wünschte aufgrund gewisser Ursachen, dass ich mich an den Abenden nicht in unserem Zimmer, sondern draußen aufhielt."

Aus seinen besten Beziehungen zum schönen Geschlecht machte Marandjosef nie ein Hehl, weswegen sein Name in Mädchenkammern und – heimlich – auch in den Himmelbetten höherer Töchter oft genannt worden sei, wie es in den Finstermünzer Archivalien heißt. Viele Geschichten standen den Menschen der damaligen Zeit nicht zur Verfügung, aber eines ist historisch gesichert: Die Anekdoten um Marandjosef führten die Liste der Schnurren an, die vorzugsweise weitergegeben wurden und sogar bis ins Graubündnerische hinüber die Runde gemacht haben.

Aber nicht nur Frauen fühlten sich von dem hübsch blond gelockten Dieb angezogen, sondern auch junge Männer waren von ihm, das heißt, von ihr, fasziniert wie die Finstermünzer Akten berichten: „In Landeck traf er, verkleidet als Magd, einen 18-Jährigen, der so klein und dünn war, dass er sich für 14 ausgeben, selbst durch schmale Fenster und Hühnerlöcher einsteigen und so den schlimmsten Grausamkeiten entkommen konnte. Zusammen landeten sie viele lohnende Treffer. Ein Berufsdieb namens Hollderan, ein Mann von abschreckendem Aussehen, führte ihn zu einer Kommune von Hehlern und Berufskriminellen, die mittels falscher Papiere und Pässe ständig die Identität wechselten." Marandjosef schrieb: „Jetzt bin ich doch an einem vortrefflichen Ort gelandet. Ich habe tatsächlich einen richtigen Haushalt bekommen." In einem Fall wird von einem halben Dutzend Jungfrauen berichtet, die unter Absingen frommer Lieder die Straßen entlang und über die Dörfer des Inntales gezogen seien, um sich auf Höfen und in Gasthäusern anzudienen. Weiter wird erzählt: „Eine lange Reise bis nach Kufstein führte zu einer lebhaften Zeit bei einer Cafébesitzerin, die auch ein kleines Bordell betrieb. Marandjosef selbst versuchte sich in dem Gewerbe, worin er sich, da die Liebe vollzogen werden sollte, als völlig untauglich erwies, sodass die Wirtin selbst ihn in einem sensiblen Moment ersetzen musste. Die drei Reichstaler, die sie vom Kunden bekam, gab sie Josef, aber dieser, ein ehrenhafter Mann, fand, dass derjenige, welcher die Arbeit gemacht hatte, die Bezahlung bekommen sollte."

Im Laufe der Zeit spielte sich ein regelmäßiger Rhythmus ein. Einem erfolgreichen Diebstahl als Magd folgte eine Verurteilung als Mann, die wiederum nach der Freilassung eine neue Einbruchstour nach sich zog. Als Marandjosef in seine engere Heimat Außerfern zurückkehrte, wurde er erneut geschnappt und es kam zu einer erneuten Bestrafung durch das Ehrenberger

Landgericht, weil er als „sie“ wieder einen betuchten Reuttener Kaufmann bestohlen hatte. Diesmal bezahlte die Mutter die Strafe und versprach, den missratenen Sohn heimzuholen, ihn in der Wirtschaft zu den *Drei Raben* zu beschäftigen und ihn Mores zu lehren. Aber Marandjosef brannte mit seiner gleichaltrigen Cousine Anna Hedwig Gamper durch und nahm wieder Kurs auf Innsbruck.

Einmal traf Marandjosef unterwegs einen vagabundierenden Russen in einer zerschlissenen Uniform, der sich Morosov nannte und behauptete, einst Korporal gewesen zu sein. Der Hinkende, dem eine Franzosenkugel das Knie zerschmettert habe, erzählte ihm seine Geschichte, wie er der Armee des Generals Suworow entlaufen sei. Das sei Ende September 1799 gewesen, und er habe den Winter gefürchtet, der in den Bergen früh komme. Da werde es bekanntlich nicht nur eiskalt, sondern es falle auch massig Schnee, die Wege würden beschwerlich und die Alpenübergänge unpassierbar. Das sei zwar für einen Tiroler nichts Ungewöhnliches, aber einem Russen von der Schwarzmeerküste gänzlich fremd. Die gesamte Russenarmee habe seinerzeit geahnt, dass der General nicht mehr weitergewusst habe. Er sei mit seinen in zahlreichen Schlachten müde gewordenen Soldaten am Fuße des Gotthard festgesessen. Noch habe die Truppe an die 22 000 Mann gezählt, von denen knapp 5 000 Österreicher gewesen seien. Der oberste Feldherr habe über 5 000 Pferde und 25 auf Maultiere verladene Geschütze befehligt. Aber die Vorräte an Munition und

Verpflegung hätten sich bedenklich geneigt. Ringsum schier unüberwindlich hohe Berge, schlechtes Wetter und dünne Kleidung machten mutlos. Um seine Soldaten bei Laune zu halten, habe der General immer wieder von Hannibals Zug über die Alpen im Jahre 218 v. Chr. berichtet und von den 25 000 Fußsoldaten, 12 000 Reitern und 37 Kriegselefanten geschwärmt. Das seien dunkelhäutige Afrikaner gewesen, die auch keine Ahnung von Schneestürmen gehabt und dennoch innerhalb von 16 Tagen die Alpen bezwungen hätten.

Er, Morosov, aber habe wie alle anderen Kameraden auch an den Krieg gegen die Franzosen in Oberitalien denken müssen, an die Schlacht an der Adda im April, den triumphalen Einzug in Mailand, den Fall von Turin Mitte Mai und die Schlacht an der Trebbia Mitte Juni. All diese Feldzüge hätten sie in den Knochen gehabt, als sie im September in die Berge aufgebrochen seien, um in den Rücken der Franzosen unter General Masséna vorzustoßen und ihn zusammen mit den Truppen von Rimski-Korsakow und der österreichischen Armee bei Zürich in die Zange zu nehmen. Aber bisher hätten sie noch nie in den Bergen gekämpft, das Gelände sei ihnen nicht vertraut gewesen. Es habe auf sie äußerst bedrohlich und unheimlich gewirkt. Man habe, dem General treu ergeben, den Ceneri überschritten und Airolo erreicht. In verlustreichen Gefechten habe man sich die Tremola hinauf zum Gotthardpass geschlagen, doch dann hätten die Franzosen den Ausgang des Urner Lochs und die Teufelsbrücke blockiert. Es sei zu einem entsetzlichen Gemetzel gekommen, bis sich Suworow den Durchgang erzwungen habe, weil er einen Teil seiner Soldaten, worunter auch er, Korporal Morosov, gewesen sei, links und rechts über die Seitenhänge befehligt habe.

Er, Morosov, habe wahrscheinlich nur überlebt, weil er immer wieder zu dem kostbaren Heiligenbild gebetet habe, das er unter seinem Hemd auf seinem Herzen mitführe. Der Russe knöpfte sein Hemd auf und zeigte ein kleines Bild von einem Christus in güldenem Strahlenkranz, wie es Marandjosef noch nie gesehen hatte.

Als die Armee Altdorf erreicht habe, setzte Morosov seine Erzählung fort, indem er sich das Hemd wieder zuknöpfte, da habe der General einsehen müssen, dass es keine Straße nach Schwyz gegeben habe und die Franzosen alle Boote requiriert hätten. Da habe Suworow seine Männer über den Kinzigpass ins Muototal gezwungen, um von dort aus nach Schwyz zu gelangen. In einem Franziskanerinnenkloster seien die Verwundeten versorgt worden, man habe fleißig mit der Säge amputiert und Kugeln aus den zerschundenen und ausgezehrten Leibern herausgeschnitten. Da die Franzosen vor Zürich siegreich gewesen seien, habe Suworow, der seinerzeit immerhin schon 70 Jahre alt gewesen sei, seine Leute über den Pragelpass geführt, um auf Glarus vorzustoßen und sich in der Linthebene mit den Österreichern zu vereinen. Mühselig habe man sich durchs Klöntal ins Glarnerland gekämpft, aber der Ausbruch in die Ebene sei kläglich misslungen, weswegen nur noch die Flucht über den verschneiten Panixerpass geblieben sei. Artillerie und Munition habe man mittlerweile ebenso abschreiben müssen wie trockene Uniformen und Stiefel ohne Löcher. Damit ihr General nicht friere, hätten die Soldaten zuletzt sogar ihre Lanzen verbrannt. Nach 20 Tagen und 300 Kilometern Marsch hätten die Truppen über Ilanz endlich Maienfeld erreicht und bei Luzisteig die Schweiz verlassen.

Da habe er, Korporal Morosov, ein für alle Mal genug gehabt vom Krieg und sich eines Nachts im Schneetreiben auf und davon gemacht. Sein Gewehr habe er einfach stehen gelassen, wo es bei den anderen gestanden sei. Nichts sei würdeloser als eine zerlumpte, frierende und hungrige Armee. Als er den Deserteur das sagen hörte, fragte ihn Marandjosef, ob auch er das sei: würdelos. Doch der Russe gab keine Antwort und erzählte weiter, dass er immer nur gegangen sei, stur wie ein Muli, bis er schließlich über Graubünden glücklich ins Tirolerische gelangt sei, wo er in verschiedenen Klöstern endlich genug Brot und sogar Fleisch bekommen habe und nach vielen Monaten der Entbehrungen wieder einmal satt geworden sei. Ansonsten aber habe er gebettelt und gestohlen. Er habe gleich geahnt, dass auch er, Marandjosef, keine ganz ehrliche Haut, sondern ein Langfinger sei, und er bekenne, als Mundräuber sein Bruder zu sein. *Denn süß ist gestohlenes Wasser, und heimlich entwendetes Brot schmeckt fein*, heiße es in den Sprüchen Salomos, und habe nicht der heilige Augustinus selbst bekannt, als Jüngling ein Birnendieb gewesen zu sein? Ihm, Morosov, gehe es nicht darum, jemandem zur Last zu fallen, sondern er bitte lediglich, die Nacht über mit ihm gemeinsam in einem Heustadel zubringen zu dürfen, allein um der Kälte zu widerstehen. Andere Absichten habe er nicht, und seine Finger behalte er brav bei sich. Anderentags wolle er innabwärts ziehen: Richtung Osten, immer weiter nach Osten, obgleich er mittlerweile arge Zweifel habe, die Seinen jemals wiederzusehen.

Wo dieser Osten war, konnte sich Marandjosef nicht vorstellen. Für ihn waren die Grenzen Tirols zugleich die Grenzen der Welt. Er hatte außerdem andere Interessen. Im Kopf überschlug er schnell, was das gülden glänzende russische Heiligenbild bringen würde, das er dem schlafenden Deserteur in der Nacht abzunehmen gedachte.

Schwer zu sagen, wie lange die beiden nebeneinander hergingen.

Im Herbst folgenden Jahres änderte Marandjosef seine Strategie und schlug damit nicht nur in seinem Leben, sondern in der Kriminalgeschichte seines Landes ein vollkommen neues Kapitel auf. Er beging einen Großdiebstahl: wieder verkleidet als verführerische Frau. Aufgrund seiner zierlichen schlanken Gestalt und seiner kultivierten Umgangsformen fiel ihm das nicht besonders schwer, und er dürfte aufgrund seiner zahlreichen Mädchenbekanntschaften Muße genug gehabt haben, weibliche Eigenarten zu studieren und vor dem Spiel auszuprobieren. Sein Opfer war der Inspektor der Silbergewerke von Biberwier, und Marandjosef erinnerte sich: „Er war unendlich höflich zu mir, er zog mich auf den Schoß, zupfte am Mieder herum und küsste mich."

Mit der gesamten Werkskasse im Gepäck fuhr Marandjosef mitsamt dem gestohlenem Pferd und dem Wagen Richtung Imst. Dort erzählte man sich die Geschichte von einem vornehmen Offizier, der einquartiert gewesen sei. Bei seiner Abreise habe er seinen Gastwirt gebeten, für ihn drei Fässer aufzubewahren, bis er wiederkomme. Sollte er jedoch binnen eines Jahres nicht zurückkehren, möge er die Fässer an eine bestimmte Adresse schicken. Der Wirt vergaß aber sein gegebenes Wort, und als der Offizier innert eines Jahres nicht zurückgekehrt war, öffnete er die Fässer und fand sie voller Goldmünzen. Dadurch wurde der Wirt reich, kaufte Häuser, Felder und Grund und Boden. Unrecht Gut gedeihet nicht, denn als er starb, wurde seine Seele nicht erlöst, sondern musste nächtens im Keller umgehen, wo einst die Fässer gelagert gewesen waren.

Just in diesem Gasthaus wurde Marandjosef, der vergeblich nach diesen Fässern gesucht hatte, verhaftet und in Fußfesseln und Eisenhandschuhen ins Gefängnis von Nassereith gebracht. Die Gerichtsverhandlung fand im Januar 1808 statt und zog sich so lange hin, bis Marandjosef seine verschiedenen Versionen, mit denen er eine Zeit lang versucht hatte, das Gericht an der Nase herumzuführen, widerrief und ein umfassendes Geständnis ablegte. Wieder lautete das Urteil vierzig Paar Rutenschläge mit „drei Schlag das Paar", einen Sonntag am Pranger in der Kirche und – hier wurde Marandjosef blass um die feine Nase – lebenslänglicher Kerker auf der Burg Finstermünz.

Aber Marandjosef wäre nicht Marandjosef, wäre ihm nicht im Mai 1808 zusammen mit drei Spießgesellen aus Nassereith die Flucht gelungen, und zwar ausgerechnet durch den Frauentrakt. Die Mieder und Röcke brachten ihm also Glück, stellte Marandjosef fest, und er verlegte sich von nun an ganz und gar auf diese ebenso variierbare wie bewährte Kostümierung.

Marandjosef kannte nicht nur den Wert des Goldes, sondern er war in Geldsachen allgemein ein Experte, denn nichts hatte ihn im Leben jemals mehr fasziniert und angezogen. Und natürlich war Marandjosef die Geschichte vom Schwazer Silberrausch vertraut, und er wusste um die Sage von einer Magd namens Gertraud Kandlerin, die beim Weiden eines Stieres auf dem Kogelmoos einen silbererzhaltigen Stein entdeckt haben soll.

Das soll im Jahre 1409 gewesen sein und damit den Auftakt markieren für den Silberabbau. Dass es Kupfer zwischen Schwaz und Kitzbühel gab, war seit der Bronzezeit bekannt. Doch jetzt setzte der Silbersegen ein, der Tausende von Abenteurern und allerlei Gesindel anlockte und Schwaz zur größten Bergbaumetropole Europas machte und den Falkenberg zur Silberquelle der Habsburger. Das *Schwazer Bergbuch* zeigt, was es für ein Leben war. Den Bergleuten standen besondere Privilegien zu. Jeder durfte steuerfrei auf öffentlichem Grund ein Haus errichten, eine Kuh oder eine Ziege halten und zum Eigenverbrauch Vögel und Fische fangen. Ein langes Leben würde ihnen ohnehin nicht beschieden sein. Erzherzog Sigmund der Münzreiche, dem über 50 außereheliche Kinder nachgesagt wurden, wobei er keinen legitimen Thronfolger zustande brachte, streckte seine gierige Hand aus und griff auf das zu, was in den *Martyrienstollen* mühselig abgebaut worden war. Er selbst aber starb bettelarm. Pochwerke zerkleinerten das Erz, von dem der Erzherzog jeden zehnten Kübel als Steuer für sich beanspruchte. Über den Inn ging es stromaufwärts mit dem geschmolzenen Erz Richtung Hall, wohin Sigmund die Münzprägestätte von Meran verlegt hatte. Sigmund ließ Goldmünzen mit seinem Konterfei prägen und kam so zu seinem Zunamen: der Münzreiche. Schon mischten sich die Augsburger Fugger ein und machten damit große Politik. Sie kauften bekanntlich sogar einen Kaiser. Schwaz blühte auf, es soll über mehr als hundert Wirtshäuser gehabt haben. Selbst ein Mann wie der berühmte Arzt Paracelsus hat die Stadt besucht, um sich mit jenen Krankheiten zu beschäftigen, die mit dem Abbau des Silbers verbunden waren. Das Schwazer Bergwerk galt bald als „Mutter aller Bergwerke". Erst als viele Knappen in die Armee eingezogen wurden und überdies billiges Silber aus Übersee importiert werden konnte, ging es mit dem Schwazer Silberrausch zu Ende. Infolge des Bergbaus wurden die Wälder abgeholzt. Schließlich brach das Elend durch die napoleonischen Kriege über Schwaz herein.

Dieses Wissen hatte sich Marandjosef angeeignet, weil er es für sich und seine Geschäfte als wichtig erachtete. Noch bedeutender aber war für ihn die Tatsache, dass es in Schwaz längst zur Eröffnung eines Bezirksgerichtes gekommen war. Das war auch der Grund, warum Marandjosef um Schwaz immer respektvoll einen großen Bogen machte. Die Gendarmen dort galten als besonders listig und gnadenlos, denn sie konnten auf eine lange Tradition im Ergreifen von Spitzbuben zurückschauen, die es auf die Münzen abgesehen hatten. Die Gesetzeshüter kannten jede Ausrede, jede Finte, jedes Versteck, ihnen war noch keiner ausgekommen. Die Versuchung mochte noch so mächtig sein: Marandjosef fürchtete Schwaz wie der Teufel das Weihwasser.

So ist es auch nicht verwunderlich, dass ihm dort schwarze Gedanken kamen. Ausgerechnet in der Silberstadt befielen Marandjosef Zweifel, und ihn erfasste das, was er „den Moralischen" nannte.

Eines Nachts hockte der Dieb am Ufer des Inn und wurde von einem inneren Rumoren gequält, das kreuzquer seinen Schädel durchwanderte. Auch hörte er verschiedene Stimmen. Eine gehörte seiner Mutter, die ihn anflehte, das Stehlen und Herumvagabundieren aufzugeben, endlich nach Hause zu kommen und ein ehrbares Leben zu führen. Doch er wollte ihr nicht im Wirtshaus helfen und an den Stammtischen die immer gleichen Geschichten hören, sondern selbst etwas erleben und frei sein unter dem Tiroler Himmel, gleichviel, ob es aus ihm in Strömen goss, die Sonne brannte oder der Schnee fiel und alles zudeckte. Die andere Stimme war sein Gewissen. Bohrend riet es ihm, vor einem Richter ein umfassendes Geständnis abzulegen und Reue zu zeigen, seine Verstecke preiszugeben, in denen er seine Beute gelagert hatte, Gestohlenes wieder den Eigentümern zurückzugeben und um Verzeihung zu bitten, die Beichte abzulegen und um Absolution zu flehen. Noch sei es nicht zu spät, sagte die Stimme, noch habe er Gelegenheit, in ein bürgerliches Leben zurückzufinden, bald jedoch sei diese Chance vorbei und es gebe kein Zurück mehr auf dem Weg schnurstracks zum Galgen. Noch eine Stimme hörte Marandjosef, die ihn beschwor, sich seiner Beute zu entledigen, sodass sie nicht bei ihm gefunden werden konnte. Warum schleppte er das gestohlene Tafelsilber in einem Sack mit sich herum? Hatte er sich damit nicht schon längst verdächtig gemacht? Warum hatte er die Ringe und Armreife, die Halsketten und den Sonntagsschmuck der Bäuerinnen nicht zu einem Hehler gebracht? Ein Goldschmied in Reutte hatte ihm eine gute Offerte gemacht. Dieser Mann von zweifelhaftem Ruf verstand sich bestens darauf, jeden Schmuck so gekonnt umzuarbeiten, dass ihm weder seine Herkunft noch seine ursprüngliche Gestalt anzusehen war und somit nichts nachgewiesen werden konnte. Er schmolz ein, fertigte Neues aus Altem, machte aus Ringen abgegriffene Münzen und aus silbernen Uhrketten blinkende Armreife. Er verwandelte und verhexte, er stand womöglich mit finsteren Mächten im Bunde. Jedenfalls roch es in seiner Giftküche immer fremdartig und stets auch ein wenig nach Schwefel. Hatte Marandjosef aus Gier auf einen fetten Gewinn nicht nachgegeben? War er aus Habsucht nicht auf das günstige Angebot eingegangen? Oder hatte er befürchtet, verraten zu werden, weil der Goldschmied in Wirklichkeit ein Spitzel der Gendarmerie war? Wusste Marandjosef überhaupt noch, wo überall er seine Beute verborgen hatte? Waren die Höhlen und Ruinen noch sichere Verstecke oder hatten sich nicht schon andere bereichert und in den Wirtshäusern damit geprahlt, hier einen wertvollen Ring und dort ein Medaillon „gefunden“ zu haben?

Zuletzt aber stellte er sich vor, nächtens am Inn hockend und dem immerwährenden Gemurmel des Flusses lauschend, es sei ihm in Wirklichkeit nie auf den Wert des Gestohlenen angekommen, sondern er sei immer nur dem Reiz erlegen, es *haben* zu müssen, koste es, was es wolle. Das Stehlen selbst war es, das Lügen und Betrügen, das Tricksen und Täuschen, das ihn faszinierte. Der materielle Wert war zweitrangig. Nicht der Glanz des edlen Metalls zog ihn an, sondern der krumme Weg, seiner habhaft zu werden. Erst das machte in seinen Augen den Meisterdieb aus. Gewiss, das eine oder andere kostbare Stück hatte er an hübsche Frauen verschenkt und sie sich damit geneigt gemacht. Aber das war letztlich immer nur ein schaler Handel gewesen. Solches galt auch für den Verkauf kleineren Schmucks, zu dem er jeweils eine Geschichte seiner Herkunft hatte erfinden müssen, die ihn, sobald er sich heiß geredet hatte, mehr begeisterte als die paar Münzen, die er für das Diebesgut eingehandelt hatte. Lagen nicht die wertvollsten Schätze regelmäßig jenseits des Fernpasses? Sobald er im Inntal war, dachte er an die Verstecke im Lechtal, und kaum befand er sich wieder im Außerfern, musste er daran denken, wo sich seine Lager im Inntal befanden.

So voller Zweifel und Unglück griff er in jener Nacht in seine Taschen, leerte sie aus und warf alles, was er darin finden konnte, in den Fluss, wo es lautlos verschwand. Danach fühlte sich Marandjosef leichter.

In den Aufzeichnungen steht geschrieben: „Ich begab mich wiederum auf den Weg, als Ochsentreiber in einem hellblauen Mantel gekleidet mit einem Proviantsack auf dem Rücken und über den Augen hängenden Haaren. Von niemanden wurde ich angesprochen, denn ich kehrte nirgendwo ein den ganzen Tag über. Freilich wäre mir eine bessere Ausrüstung lieber gewesen. In der folgenden Nacht kam ich zu einem Ansitz, dessen Name mir entfallen ist. Ich sah mich um; alle Türen waren verschlossen, aber die Nacht war mondhell. In einem Gebäudeflügel fand ich schließlich ein Fenster mit einer kaputten Scheibe, da streckte ich die Hand hinein, öffnete den Haken und betrat ihn. An der Wand hingen Männerkleider, die recht fein und nobel waren. Ich nahm einige davon und warf sie durchs Fenster. Das eine und andere, das mir gefiel, nahm den gleichen Weg.

Nun zeigte sich eine Tür meinen Augen, in der ein Schlüssel steckte. Ich öffnete sie vorsichtig, aber dort war es dunkel, weil die Fensterläden geschlossen waren. Ein Mensch lag dort und schlief unter starkem Schnarchen. Eine Taschenuhr hörte man ticken, ich schlich deshalb ganz vorsichtig zum Bette, nahm die Uhr und steckte sie ein, schlich hinaus, schloss die Tür und dann ruckzuck durch das Fenster. Danach nahm ich diejenigen Kleider, die mir am besten gefielen, den Rest ließ ich liegen. Ich ging ein Stück beiseite, zog meine frühere Kleidung aus und nahm mir stattdessen Jacke, Mantel, einen feinen englischen Hut, blanke Stiefel und eine stattliche Hose, sodass ich im Handumdrehen von einem Ochsentreiber in einen Herrn verwandelt war. Plötzlich sah ich ein Pferd, das mir eine angenehmere Reise verschaffen sollte. Vor dem Morgen hatte ich bereits einige Meilen zurückgelegt, als ich das Pferd anband, den Weg in den Wald nahm und mich zum Ausruhen hinlegte, was nach zwei Tagen des Wachseins höchst nötig war. Ich schaute genauer auf die Uhr, sie war aus Gold, dann hängte ich meinen Proviantsack in die Bäume, weil ich vierbeinige Plünderer befürchtete.

Den ganzen Tag schlief ich gut, niemand störte mich. Als es dunkel wurde, setzte ich meine Reise fort und marschierte die ganze Nacht durch, sodass ich am folgenden Tag früh am Morgen in Telfs ankam. Ich ging in einen Kaufladen und besorgte mir ein schwarzes Seidenband, mit dem ich mein Haar zusammenflocht, und bei der Gelegenheit fragte ich auch, ob es eine Flussfahrt innabwärts gab. Man antwortete, dass gerade ein Kahn im Begriff sei, dorthin zu schwimmen. Ich beeilte mich, um mit dem Schiffer wegen meiner Fracht übereinzukommen. Die Freundschaft des Schiffers gewann ich durch eine Bouteille Rotwein, die wir gemeinsam verzehrten. An Bord befanden sich mehrere Personen beider Geschlechter, die ich mit Wein freihielt. Sie waren auch alle herzlich zufrieden mit einem so jungen und freigiebigen Herrn.

Die Fahrt ging gut voran, und wir kamen bald nach Hall. Ich durfte die Stadt sehen, die wegen der

Münzprägungen dort schon oft Gegenstand meiner Hoffnungen gewesen war.

Am folgenden Morgen verschaffte ich mir einen Begleiter, der mir die Merkwürdigkeiten der Stadt zeigte. Alles, was ich sah, löste meine Bewunderung aus. Ein besonderes Vergnügen empfand ich in der Betrachtung der schmucken Soldateska, die durch die Stadt streifte. Ich wäre so nie davon weggekommen. Mein Kopf war völlig ungewohnt an die Buntheit der Münz- und Salzstadt und wurde fast verwirrt. Immer wieder kamen Bauernkutschen, Brauereiwagen, Händler, Salzgespanne und Milch-Marktweiber. Die Gehenden zogen aneinander vorbei wie Fische in einem See. Mir war fast schwindlig im Kopf von all diesem Klappern und Fallen. Da begegnete ich einem Frauenzimmer genau in dem Moment, in dem ich damit beschäftigt war, meine Sachen zu packen, um mich auf die Weiterreise zu begeben. Sie sprach mich an und fragte nach meinem Namen. Ich stellte mich vor und tat, als sei ich der Sohn eines Schweizers, der gedachte, sich einige Zeit in Tirol aufzuhalten, aber da dies das erste Mal war, konnte ich, da ich keine Bekannten hatte, kein Zimmer finden und musste in einer billigen Herberge übernachten. Als sie das hörte, fragte sie mich, ob ich Lust hätte, bei ihr zu wohnen. Ich war mit dem Vorschlag ziemlich zufrieden, denn ich sah auf den ersten Blick, dass sie vermögend sein musste. Nachdem ich bei ihr im Hause am Abend tüchtig gespeist und gezecht und sie mit wohlfeilen Schmeicheleien gefügig gemacht hatte, wartete ich, bis sie eingeschlafen war, um sogleich ihre

Schubladen und Kästchen zu durchsuchen und fündig zu werden. Das Geschmeide ließ ich mitgehen, aber ein paar billige Ringe wollte ich zurücklassen, um nicht gemein dazustehen. Auch meine Kleider, die ich während des Beiwohnens ohnedies abgelegt hatte, sollten in der Kammer bleiben. Stattdessen schlüpfte ich in das feinste Gewand der großzügigen Spenderin und machte mich davon, um noch in selbiger Nacht flussaufwärts zu kommen und wenige Tage später in Innsbruck als feine Dame anzulangen."

Vier lange Jahre gaunerte sich der bereits gerichtsnotorisch gewordene blondgelockte Dieb in Frauenkleidern durch die Lande, mal als geschätzte Köchin, mal als Gouvernante, mal als Erzieherin mit angelerntem bündnerischem oder französischem Akzent und mal als Bauernmagd mit besonderen Talenten als Störnäherin. Am besten verstand er sich allerdings aufs Kochen, und es gab keine Herrschaft, die nicht von dieser fleißigen und stets gut aufgelegten Mara und ihren Küchenkünsten begeistert gewesen wäre – allerdings nur so lange, bis sie plötzlich verschwand und mit ihr das Familiensilber sowie andere Wertgegenstände mehr.

Die Obrigkeit suchte selbstredend eine Frau, doch schon in der nächsten Scheune verwandelte sich Mara zurück in Josef, und die Gendarmerie hatte das Nachsehen. Am meisten trauerten jeweils die Kinder, denn sie alle liebten Mara, ihre Späße und ihre grenzenlose Geduld. Bei Mara durften sie endlich Schabernack treiben und wurden nicht sofort gerügt wie von den Eltern und den übrigen Erzieherinnen. Marandjosef selbst litt durchaus unter der Tatsache, jederzeit entdeckt werden zu können, und er/sie kam sich vor wie ständig auf der Flucht, „wie ein zweiter Kain, immer in Unsicherheit", wie er ausdrücklich in den Finstermünzer Nachlassakten vermerkt. Er träumte nachts davon, dass es ihm ergehen werde wie dem Haspler von Grünau auf einem Weiler bei Elbigenalp im Lechtal.

Da gab es einen Mann, dem Kuhhäute gestohlen wurden. Da sich derselbe aber auf mancherlei Zauberei verstand, holte er eine Haspel hervor und drehte diese einige Zeit, bis er den Dieb entdeckte, der mit den Häuten auf dem Rücken über die Wiesen rannte. Der Dieb musste umso schneller laufen, je geschwinder der Grünauer die Haspel drehte, und er drehte sie, so kräftig er konnte, dass es nur so schnurrte und pfiff und dem Dieb bald der Schnauf ausging. Als er endlich aufgab, dem Bauern die Häute vor die Füße warf und nach Luft rang, fluchte er und wünschte, den Bauern möge der Teufel holen mit seiner Hexerei.

Marandjosef aber erwachte schweißgebadet nach diesem Alp, denn er fühlte sich ertappt.

Glücklicherweise treibt man mich hinweg, heißt es in *Wilhelm Meisters Wanderjahre.* Das mag auch für Marandjosef gelten. Aber wann, wo und wie sein Verschwinden anfing, wusste keiner so genau. Vielleicht schon, als er sein Felleisen packte, vielleicht in der Ebene, wenn der Fluss den Nebel ausschwitzte und der Himmel mit seinen hängenden Wolken hoch, breit und tief bis zur Erde reichte und sein Licht die Grenzen der Tageszeiten aufhob? Nein, in der letzten Nacht des Monats Oktober, wenn am nächsten Morgen überall im christlichen Abendland das Fest Allerheiligen begangen wurde. Jedenfalls war Marandjosef eines schönen Tages verschwunden. Abgetaucht. Nicht plötzlich, sondern irgendwie gleitend, als habe er sich klammheimlich davongeschlichen und ganz allmählich in Luft aufgelöst. Über die Jahre sozusagen. Waren da am Ende Magie und schwarze Kunst im Spiel?

In der ungeschriebenen Chronik von Außerfern wäre zu verzeichnen, dass man ihn hier lediglich geduldet hatte. Und das ließ man ihn auch spüren. Manche, die ihn näher kannten oder vielmehr glaubten, ihn näher zu kennen, denn richtig kannte ihn in Wirklichkeit keiner, also manche von denen, die sich damit wichtigmachen wollten, waren überhaupt nicht überrascht von seinem Verschwinden, weil sie der Überzeugung waren, so richtig sei Marandjosef sowieso nie „da gewesen“, man sei seiner Gegenwärtigkeit nie vollständig sicher gewesen, denn es sei stets etwas Flüchtiges an ihm und um ihn geschwebt. Als Beispiel und Beweis dafür wurde regelmäßig seine Teilnahme an den Fronleichnamsprozessionen genannt, bei denen er zwar für jedermann sichtbar an den Start gegangen, niemals jedoch im Ziel angekommen sei. Eines schönen Tages stand er mitten auf dem Hauptplatz von Reutte. Niemand wusste, woher er gekommen war. Er war noch ein junger Kerl, eine Hoffnung, vielleicht eine Sonderbegabung, und hatte eine glänzende Karriere als Dieb vor sich. *Welch einen sonderbaren Traum träum' ich da*, schien er zu fragen, als er sich von einem Tag auf den anderen davonmachte, als habe es ihm nicht gereicht, nur eine Begabung und schon „ziemlich gut" zu sein. Ein Dieb sei man ganz oder gar nicht. „Ziemlich gut" gebe es in dieser Branche nicht. Das bedeute am Ende nur: miserabel. Da bekannt war, dass Marandjosef ein ebenso leidenschaftlicher wie exzessiver Geher gewesen sei, der sich bisweilen auch den umherziehenden Wanderarbeitern, Scherenschleifern, Schindel-, Schirm- und Kesselflickern, den Hausierern, Talhändlern, Steinklopfern, Wanderstock- und Schindelschnitzern, Störsattlern, die von Hof zu Hof zogen, um das Zaumzeug zu reparieren, und Knochensammlern, Vagabunden samt und sonders, angeschlossen habe, könne man getrost davon ausgehen, dass er sich selbst wie dieses Karrenvolk auch auf die Walz begeben habe. Es sei ja typisch gewesen für den Marandjosef, gewissermaßen ununterbrochen auf der Flucht gewesen zu sein. Zwar habe er mehr schlecht als recht vom Lügen und Betrügen gelebt, doch immer habe er das Glück irgendwo in der Ferne gesucht. Von einer *Stabilitas loci* habe er nichts gehalten. Auf Saum- und Seitenpfaden, Landstraßen, Schotterwegen sei er bevorzugt unterwegs gewesen. Oder heimlich hinten einem Salz-Fuhrwerk aufgehockt. Oft sei er die gefährlichen, zum größten Teil immer noch unbefestigten alten Postwege der Säumer und Schmuggler entlangmarschiert, um zu entkommen. Auch vor dem Ende aller Tage habe er sich nicht eine Minute gefürchtet. Wer ihm habe folgen wollen, der musste besser zu Fuß sein als ein Landbote oder Infanterist. Auch habe es sich empfohlen, festes Schuhwerk zu tragen, denn mit dem Lockenkopf sei es immer über Stock und Stein gegangen. Notfalls auch querfeldein. Ziel jeder Wanderung, und es seien ja durchwegs unaufhaltsame, immerwährende Wanderungen gewesen, unterbrochen bestenfalls durch kurze Pausen in Heustädeln zum raschen Kleiderwechsel oder klammen Nächten in pfäffischen Alptraumhäusern und Hospizen, Ziel also sei es gewesen, den Menschen zu entgehen. Deswegen seien auch die Nachrichten über sein Leben reichlich dünn gewesen. Es ging das Gerücht, zeitweilig sei er Gehilfe eines Erfinders, Assistent eines Zauberers, Stundenausrufer und Nachtwächter in Innsbruck gewesen. Er kannte jedenfalls Geschichten von Nachtwächtern, und einer seiner Tippelbrüder, so ein verschorfter Alter, habe sich die Zeit mit Bauchreden vertrieben. Aus gutem Grund habe Marandjosef bisweilen wohlweislich die Öffentlichkeit gemieden. Dabei habe er sich nicht etwa verkrochen, nein, er sei nur unerkannt mal als Mara, mal als Josef mitten unter uns einhergegangen. Aber seine Gesten und seine wenigen Sätze, die er von sich preisgegeben habe, seien immer mehr der Verschwiegenheit als der Geschwätzigkeit verpflichtet gewesen, zumal er ein bekennender Verehrer der Stille gewesen sei und diese ihm eines seiner höchsten Güter. Er sagte einmal beiläufig, auch die Indianer in Amerika sehe man nur, wenn sie gesehen werden wollten. Ansonsten könnten auch sie sich unsichtbar machen. Und er schrieb mit seinem Wanderstock Zeichen in die Luft. Fast hätte man meinen können, das Schweigen sei ihm nicht nur Lebensinhalt, sondern auch Lebenselixier gewesen. Doch dann sei er auf einmal wieder redseliger gewesen als ein Dutzend Pfarrhaushälterinnen.

Marandjosef eigenwillig zu nennen, treffe die Sache nicht, sei zu hören gewesen, denn er sei eben anders, aber nicht anders um des Andersseins willen, sondern anders, weil er ein ganz eigener Mensch sei, anders als alle anderen, mithin einer für sich, der den Schneid habe, trotz aller Verachtung, die ihm ständig und überall entgegenschlage, er (oder sie?) selbst zu bleiben. Von sich selbst habe Marandjosef einmal gesagt, er wolle am liebsten gar nicht bemerkt sein. Zwar sei er alles andere als ein hitziger Kopf gewesen, doch habe er durchaus aufbrausend sein können, wenn es sein musste. Allerdings habe er dann, wie es heißt, jegliche Entgegnung mit seiner Rede „überrollt". Abgeschiedenheit bedeutete ihm nicht Vereinsamung, Enge nicht Ausweglosigkeit. Ihm sei es nun einmal in erster Linie darauf angekommen, sozusagen ununterbrochen auf der Strecke zu bleiben. Und immer in schweren Schuhen, die Josef-Joppe im Sommer über dem angewinkelten Arm trug und die freie Hand in der Hosentasche hielt, getreu der Devise, der Verstand habe sich gefälligst dem Hoheitsgebiet der Füße fernzuhalten, denn schließlich besteige der Geher nicht einen Berg, sondern dieser ziehe ihn mit unsichtbarer Hand empor, um ihn hinaufzuläutern. Dazu bedürfe es einer gewissen Ausdauer, die nicht auf das nahe Ziel, sondern die gesamte Distanz ausgerichtet sei und den Zustand der Erschöpfung erst bei Sonnenuntergang gestatte, eingedenk der alten Säumerregel, dass derjenige, der hundert Meilen zu gehen habe, neunzig als die Hälfte ansehe.

Wer den Marandjosef fragte, ob es ihm nicht langweilig werde, immer so allein durch die Weltgeschichte zu ziehen, durch enge Täler, Notunterstände oder grausame Unterkünfte, dem habe er gesagt, er habe im Tod einen zuverlässigen Freund, der nicht von seiner Seite weiche und ihm in größter Gefahr die größtmögliche Sicherheit gewähre. Wenn einer dergestalt argumentiert, dann weiß er auch, was der Wind macht, wenn er gerade einmal nicht oder aus der falschen Richtung weht. Sein Ruf als ausdauernder Geher mit der „Eleganz streunender Wölfe" sei schon bis in die obersten Dörfer in den hintersten Tiroler Tälern gedrungen. Aber was dachte einer wie er, wenn er über sich auf einem Steckbrief lesen musste, er gleiche einem Phantom, niemand wisse, wo er lebe und ob es ihn überhaupt noch gebe?

In jungen Jahren sei Marandjosef in den finsteren Herzen der Einheimischen aufgestiegen wie ein Komet, der aber irgendwann einmal verglüht sei. Wie konnte das sein? Die Platzanweiser in den Ruhmeshallen wollten sich nicht länger mit so einem lockigen, wenngleich renitenten Querkopf, so einem unversöhnlichen Vaganten aufhalten. Am liebsten hätten sie ihn am nächstbesten Baum aufgeknüpft. So geht das, wenn man bestenfalls geduldet ist. Auch ein so starker Charakter wie Marandjosef konnte dem auf Dauer nicht gewachsen sein. Zuletzt kursierten Gerüchte, man habe ihn bei den Armenhäuslern gesehen, andere wiederum behaupteten, dass er sich bei den Torfstechern im Kaiserwinkl herumtreibe. Womöglich half er ihnen beim Verlegen der Fahrrinnen für ihre Loren tief hinein ins Moor zu den ergiebigen Torfgründen, wo man noch gut stechen konnte, womöglich stach er, der körperliche Arbeit überhaupt nicht gewohnt war, mit ihnen unter Absingen verbotener Lieder bis in die untergehende Sonne hinein und sah staunend mit offenem Mund, wie behände die Torfsoden kreuzweise zum Trocknen den ganzen Sommer über bis in den späten Herbst hinein gestapelt wurden, damit das Regenwasser an den Außenwänden ablaufen konnte. Und am Ende hörte er einen der schwarzhändigen Vorarbeiter mit gutartiger Böswilligkeit rufen: „Madl, mach's Maul zu, sunscht bleibt's da."

Das Torfstechen begann seit jeher im Monat Mai, wenn die Kartoffeln schon gepflanzt waren. Zuerst musste das Moor durch ein ausgetüfteltes Grabensystem entwässert und die oberste Moosnarbe entfernt werden. Der dadurch zum Vorschein kommende Weißtorf taugte nichts, weil er zu schnell verbrannte. Erst jetzt konnten mit dem Stecheisen die einzelnen Soden aus dem Schwarztorf gestochen und von Mara und den Kindern auf den Karren gelegt werden. Oft standen die Männer bis zu drei, vier Meter in der nassen Tiefe. Die älteren Buben und Mädchen schoben die schweren Loren zum Sammelplatz und schichteten die klatschnassen und gewichtigen Soden zu Bulten auf, und zwar so, dass Luft dazwischen war, um das Trocknen zu erleichtern. Es kam nicht selten vor, dass unsauber und überhastet aufgeschichtete Bulten wieder in sich zusammenstürzten. Dann musste unter derben Flüchen von vorne begonnen werden. Während sich Mara und die Kinder mit den Bulten herumplagten, geschah es oft, dass die Erwachsenen in den immer tiefer werdenden Kuhlen plötzlich eine Wasserader anstachen, so dass die Kuhle auf der Stelle geflutet wurde und ein neuer Anstich gefunden und ausgeschachtet werden musste. So ging das den ganzen Sommer, wobei Mara und die Kinder die Bulten immer wieder umschichten mussten, damit der Torf in der Sonne gut austrocknen konnte. Bisweilen entzündete ein Blitzschlag aber auch das Moor und löste einen Flächenbrand aus. Dann war alles umsonst. Im Winter aber, wenn der Torf die Stube heizte und der Ofen glühte, tat es gut, die Geschichten vom Marandjosef zu hören.

Dazu zählte auch jene von einem gewissen Gerstreiter, der besonders schlau sein wollte und sich mit dem Fuhrwerk ins Moor begab, um den Torf zu holen. Als aber der Wagen vollgeladen war, versank er aufgrund seines übermäßigen Gewichtes knietief im weichen Boden, und die Rösser konnten ihn trotz grausamster Peitschenhiebe bis aufs Blut nicht einen Meter vorwärts bewegen. Es nützte nichts, dass die kräftigsten Kerle in die Speichen griffen: der Wagen bewegte sich nicht mehr, sondern sank langsam immer tiefer. Kurzum: Er musste wieder komplett abgeladen und sogar auseinandergenommen werden, damit die Räder einzeln aus dem schwarzen nassen Boden gezogen werden konnten. Erst als die Rösser wieder auf festem trockenem Untergrund stampften, konnte der gesamte Brückenwagen neu zusammengesetzt werden. Mit Schubkarren hat man dann die Soden herbeigekarrt und sie noch einmal verladen. Bei dieser Gelegenheit lernte Mara die Redensart, derzufolge der Torf dreifach wärme: beim Stechen, beim Verladen und beim Verheizen.

Dann verstummte der Kerl wieder für Stunden, und ebenso schweigend verließ er auch den Traum der Tiroler, den sie in der Nacht auf Allerheiligen träumten. So ist das: Man geht im Oktober zu Bett und wacht im November wieder auf. Und bei der Gelegenheit fällt ihnen noch ein, dass in der alten Tiroler Zeitrechnung das Jahr im November mit der Zeit der Gebete begonnen habe, denn das war die Zeit der rauchenden Alten und der Legenden der Verstorbenen, gefolgt von den stillen Tagen der ersten Schneefälle und der webenden Frauen. Wenn sie dann frühmorgens zum Fenster hinausschauen, merken sie, dass der Schnee in diesem Winter früh kommen und lange bleiben wird. Zeitweise wird er so hoch liegen, dass man stehen bleibt, wenn man zu gehen glaubt.

Einmal trieb es Marandjosef bis Brixen. Er genoss die Stadt, den Bischofssitz, den prunkvollen Marmor, den weißen Turm mit seinen vier Erkern, die südlichen Plätze, die Laubengassen, die Wärme, den Wein und die heitere Lebensart der Bewohner. Vor dem Rentamt packte er seine Brotzeit aus. Obgleich ihm vorkam, als seien Gasthöfe nirgends so dicht gesät wie in dieser Gegend, war er doch erleichtert, endlich keine

Wirtshausgespräche mehr zu hören über nächtlich versetzte Grenzsteine, über verknotete Ketten des Viehs, über böse Geister, die Rösser und Menschen aufsaßen und beide in Schweiß trieben und worüber sich die Tiroler sonst noch so gerne wie endlos unterhielten. Niemand rumorte hier als Geist um Mitternacht im Haus, zerschlug das Geschirr und lärmte mit Rätschen, weil die Seele, unerlöst ob einer alten Schuld, keine Ruhe finden wollte.

In den Finstermünzer Archivunterlagen ist fragmentarisch erhalten, was er selbst über diese Zeit geschrieben hat: „Als Bauernmagd gekleidet nahm ich den Weg über den Brenner. Früh am Morgen traf ich einige unserer Nachbarn, die auf dem Weg zum Markt in Reutte waren, aber niemand erkannte mich. Nachdem ich nach Matrei gekommen war und unterwegs am Wallfahrtsort Maria Waldrast vom heilenden *Muattawasserl* getrunken hatte, einem Lebenselixier aus einer Quelle, die von der Gottesmutter persönlich aus dem Boden geholt worden war, gab ich mich als Tochter eines Schmiedes aus Imst aus. Eines Tages glaubte ich, meiner Mutter zu begegnen, die aus dem Passeiertal stammte, und obgleich es eine Täuschung war, erschütterte ihr Anblick meine Seele, und meine Augen wurden von Tränen befeuchtet, als ich neben ihr auf dem Markt stand. Sie erkannte mich nicht, und ich wagte es nicht, mich ihr zu entdecken. In Sterzing erinnerte ich mich, dass der Herr von Montaigne hier auf seiner Reise nach Italien den Schulmeister zu sich gebeten hatte, denn er wollte sich mit ihm auf Latein unterhalten. Doch der Mann habe sich, wie es im Tagebuch der Reise stehe, als Blödian erwiesen, weswegen ich zügig meiner Wege ging, ohne nach Beute Ausschau zu halten. Nun begab ich mich nach Brixen. Unterwegs ging ich in einen Bauernhof. Man fragte mich, wohin die Reise gehe, und auf meine Antwort, dass ich eine Magd aus Tarrenz sei, die einen Dienst suche, sagten sie, dass ich bei ihnen einen solchen bekommen könnte. Mit anderen Worten, ich wurde angenommen.

Nun dachte ich: Das wird bachab gehen, denn ich bin nicht recht gewohnt, Frauenaufgaben auszurichten. Abends sollten die Kühe gemolken werden; das ging noch halbwegs gut, denn an ihren Zitzen wurde gezogen, dass es viel Milch gab; dann ging es ans Backen, was auch gut ging. Ich stellte mich ganz gut an, auch in anderen Frauentätigkeiten. Drei Monate blieb ich bei dieser Stelle und war eine treue Dienerin. Den Sommer hindurch war es sogar sehr lustig. Ich war froh und unverdrossen und überall beliebt. An Sonntagen begaben wir Mägde uns auf den großen Platz vor dem Dom zu Brixen und vergnügten uns. Die Herrschaft war recht bescheiden und gönnte uns unser Vergnügen.

An einem Sonntagnachmittag, als wir uns mit Schaukeln amüsierten und ein paar städtische Fräulein am Vergnügen teilnahmen, fiel eine von ihnen von der Schaukel und hätte sich verletzt, wenn ich sie im Fall nicht an ihrer Taille umfangen und aufgefangen hätte. Nachdem sie sich erholt hatte, sagte sie: Um Gottes willen! Was bist du stark, Mädchen! Ich werde nicht vergessen, dich für deinen Dienst zu belohnen. Bei gleicher Gelegenheit war der Sohn eines Amtmanns anwesend, und in voller Begeisterung stahl er einen Kuss von mir: Pfui!, sagte ich, er hat gewiss noch nicht Sitte und Anstand gelernt. Auch wenn ich ein armes Mädchen bin, so sollte ich doch vor solchen Erniedrigungen geschützt sein.

Er sagte, dass alles nur aus reiner Liebe geschehen war, da er wünschte, dass er durch der Liebe heiligstes Band mit mir vereint wäre. Jedoch nahm ich diese Entschuldigung nicht an, sondern äußerte mit gespieltem Unmut, dass man sein Werben nicht mit gewaltsamen Küssen einleiten solle. Aber durch ein bescheidenes Auftreten könne er sich Hoffnungen auf meine Gegenliebe machen. Diese Antwort überwältigte ihn so stark, dass er mich mit Geschenken überhäufte, die den gestohlenen Kuss reichlich ersetzten. Hätte mein Aufenthalt an diesem Ort länger angehalten, hätte ich es schwer gehabt, mich aus diesem Labyrinth hinauszubewegen, besonders da mein Verlobter mir so oft Besuche abstattete. Sodann habe ich einen Dienst in einem anderen Herrenhaus angenommen und wurde als Fräuleinmagd angestellt und für mein ehrenhaftes Verhalten belohnt. Mein Verlobter folgte mir beim Auszug, wünschte mir viel Erfolg bei meiner neuen Stelle, aber ihm war angst und bange wegen meines Umzugs. Ein Jahr, gelobte ich, dann würde das Glück zu ihm kommen, sich mit mir zu vereinigen. Als Trost für die Scheidung bekam er noch einen Kuss von mir, womit er auch herzlich zufrieden war.

Jetzt begann der nächste Schritt für mich. Ich wurde in eine Kammerjungfrau verwandelt, musste mir selbst beibringen, das Haus gründlich zu fegen, zu waschen, aufzuräumen und die jungen Fräuleins der Herrschaft aus- und anzuziehen. Als Jungfrau besorgte ich mir hübsche Kleider und war sehr beliebt. Der Dienst war jedoch nicht passend für mich, denn ich war gezwungen, beim An- und Ausziehen der Töchter der Herrschaft anwesend zu sein. Da gab es Augenblicke, die nicht einmal für einen keuschen Josef passend waren. Diese Zeugenschaft gehörte zu meinen schwersten Stunden. Ich hielt sechs Wochen aus, dank meines geliebten Verlobten, der mir häufige Besuche abstattete. Er war so artig, dass er mir ein Paar Ohrringe kaufte. Ich befand danach, dass Liebe blind machen müsse, insbesondere er seine Geschenke aufopferte für eine falsche Person, die nicht Mara war, sondern Josef. Eines Abends war ich gezwungen zu fliehen, weil ich zu sehr eingenommen wurde von der Verlockung der jungen Fräuleins meiner Herrschaft. Bei meiner Rückkehr musste ich die bittersten Vorwürfe für mein Verschwinden ertragen. Ich bekam noch mehr Verdruss, als ich in der Sache argumentierte. Im Bett überlegte ich, ob mich dieser Ort am Ende nicht ins Unglück treiben würde; also ist es jetzt gleich so gut wie später, von hier eine neue Stellung zu suchen. Deshalb stand ich auch sofort auf und nahm die buntesten Kleider, die es in der Garderobe gab, und dazu andere für Frauenzimmer notwendige Dinge.

Nun wurde eine weitere Reise unternommen. Ich war in eine völlig neue und ungewöhnliche Montur gekleidet und hatte mich von einer ehrbaren Jungfrau in eine Mamsell verwandelt. Der Abgang vom Herrenhaus fand in der dunklen Nacht statt. Es gab keinen angestrebten

Ort auf der Straßenkarte. Unbekannt und ohne Zeugnisse und Empfehlungen – wohin sollte ich gehen? Beschlossen wurde also, dass ich zu meinem Heimatort zurückkehrte. Bei Tagesanbruch musste ich mich in den Wald begeben, aus Furcht vor Nachforschungen. Fast eine ganze Woche verging, bevor ich es schaffte, wieder ins Inntal zu kommen. Da ich viele Umwege machen musste, ging ich oft in die Irre. Schließlich fand ich den Weg über den Fernpass und kam so weit, dass das Wirtshaus zu den *Drei Raben* vor meinen Augen stand. So weit war es nun mit mir gekommen, dass ich nicht wagte vorbeizugehen, bevor es Abend wurde.

Also zog es mich weiter nach Reutte. Dort traf ich einen Hausierer aus dem Lechtal, mit dem ich schon einmal ein Stück des Weges geteilt hatte. Ich erzählte ihm die Geschichte vom Lechtalriesen, der mächtige Felsbrocken gegen die Reuttener geschleudert habe, weil sie ihm den geforderten Jahreszins in Form von Kühen und Schafen verweigert hatten. Als ich geendet hatte, erkannte mich der Hausierer noch immer nicht in meinen bunten Kleidern, doch als ich mich ihm entdeckte, meinte er, die Weibersachen stünden mir so gut, dass ich nie mehr Männerkleider anziehen solle. Er kannte die Geschichte der Weiber vom hinteren Lechtal, die angesichts der anrückenden Schweden ihre Heinzen aufstellten und mit Heu und alten Lumpen behängten, sodass die Heumandl nachts aussahen wie bewaffnete Männer. Danach zündeten die Frauen Wachfeuer an und verschreckten damit die Schweden, die glaubten, sie stünden einem Heer von wehrfähigen Lechtalern gegenüber.

Überhaupt sei das hinterste Lechtal ein glückliches Tal, weil man dort unter Nachbarn alles redlich teile. Nur einer sei einmal vom Pfad der Tugend abgewichen und habe nichts mehr hergeben wollen, woraufhin ihm kurz darauf ein Blitz den Hof niedergebrannt habe und er ohne einen Fetzen am Leib dagestanden sei. Da hätten sich seine Nachbarn dennoch zusammengetan, den Hof wieder aufgerichtet, jeder habe eine Kuh gegeben, sodass nunmehr jeder im Tal gleichviel Rinder gehabt habe. Von da an sei das hinterste Lechtal glücklich und friedfertig gewesen.

Die Ölhändler in der Herberge hießen mich willkommen und sehnten sich danach, von meinen Abenteuern zu hören. Aber so hungrig und durstig, wie ich war, brauchte ich eher zu essen und zu trinken, als zu sprechen. Es wurde herbeigeschafft, und einer kaufte sogar Schnaps. Auf meine vorsichtige Frage, ob man sich zu Hause noch meiner erinnerte, wurde mir geantwortet, man glaube dort, ich hätte mich bei irgendeinem Regiment anwerben lassen. Jedes Mal, wenn man mich erwähne, weine meine Mutter bitterlich. Das presste mir selbst Tränen hervor. Ach, wie gerne würde ich noch einmal in ihre zärtlichen Arme geschlossen! Alles war mir versagt! Der Hausierer erzählte weiter, meine Mutter sieche bereits seit meiner Flucht dahin und wünsche sich lieber, im Grabe zu ruhen, als mich als einen zu Strafe und Schande verurteilten Verbrecher zu sehen. Das grämte mich. Die kindliche Liebe war noch nicht erstickt in meinem unruhigen Herzen. Ich sehnte mich so inniglich danach, meine Mutter sehen zu dürfen, dass ich von ihr träumte. Sie stand am Fenster, ihr Gesicht war bleich, die Sorgen über ihren missratenden Sohn hatten ihr die Farben der Gesundheit vertrieben. In meiner Verzweiflung rief ich aus: Mutter, verdamme nicht deinen missratenen Sohn! Ich wollte zum Fenster gehen und wäre sogar hineingeeilt, wenn es nicht ein Traumgespinst gewesen wäre.

Da überbrachte mir einer anderentags die Nachricht vom Hinscheiden meiner Mutter, woraufhin ich mich sogleich nach Vils aufmachte, indes mir unterwegs einfiel, dass ich mich unmöglich den Vilsern als verlorener Sohn zu erkennen geben konnte, zumal sie allesamt wähnten, ich sei über den Brenner ins Italienische entschwunden und dort endgültig auf die schiefe Bahn geraten. Also legte ich das dunkle Gewand einer Magd aus dem Engadin an, mischte mich unter die Trauergäste und stand, von allen unerkannt, am offenen Sarg der Mutter, wo ich sogleich das filigrane Goldmedaillon um ihren Hals erkannte, das Hochzeitsgeschenk ihrer ladinischen Großmutter, welches schon als Kind eine geheimnisvolle Anziehung auf mich ausgeübt hatte. Ich folgte dem Trauerzug auf den Gottesacker und weinte am offenen Grab meiner Mutter endlich bitterlich, was den Bürgermeister beim Leichenschmaus in den *Drei Raben* bald nach der Suppe zu mancherlei Tröstungen ermunterte, die nach ein paar Schnäpsen ins Handgreifliche überzugehen drohten, hätte ich mich nicht noch vor dem Nachtmahl mit meinem Bündel heimlich davongemacht und wäre nicht einem Fuhrwerk aufgesessen, das es Richtung Fernpass zog.

Unterdessen waren meine Haare gewachsen, weshalb ich beim Schmied zu Lermoos eine Haarzange bestellte, um meine Locken noch mehr zu krausen und somit eine leuchtende Figur in meinen bunten Kleidern zu machen. Der Hausierer, der nicht von mir lassen wollte, war glücklich, einen solchen Freund zu besitzen, der eine doppelte Maske trug. Es machte mir innerliche Freude, wenn ich manchmal draußen spazierte, zu sehen, wie die Knechte in größter Ergebenheit ihre Hüte hoben vor der bunten Dame. Meine Verkleidung war derart geglückt, dass mich niemand aus meiner Kindheit mehr erkannte. Überall hieß es, ich sei eine Mamsell aus Innsbruck, die weiter über die Grenze nordwärts ins Bayerische reisen wolle. Doch in Wirklichkeit zog es mich wieder ins Inntal.

In Landeck lernte ich einen Goldschmied kennen. Er überhäufte mich mit den zärtlichsten Liebesbeteuerungen und zeigte mir all seine Schätze, Goldnippes, Juwelen und mehr. Darin fand ich ein besonderes Vergnügen, aber sein Bett zu teilen, war mit unerträglich. Für diesen Anlass wurden mehrere Flaschen Wein geleert, aber als ich stur darauf bestand, die Nacht auf einem Sofa im Wohnzimmer zu verbringen und ich sonst um Hilfe rufen würde, ließ er mich widerwillig in Ruhe. Als er endlich eingeschlafen war, schlich ich vorsichtig nach oben, nahm seine Brieftasche, hatte auch die Schlüssel zu seinem Juwelenschrank in meinen Händen, aber war nicht so gefühllos, ihn seines ganzen Besitzes zu berauben. Dann huschte ich die Treppe hinunter und kam auf den Hof, aber ich konnte auf keine Art und Weise hinauskommen. Ich versuchte es mit verschiedenen Methoden. Alle vergeblich. Da kam mir der Gedanke, dass ich wieder hinaufgehen und die Brieftasche zurück an ihren Platz legen sollte. Aber gerade als ich daran dachte, sah ich einen Eispickel; den nahm ich, stemmte die Steine unter dem Tor auf und kam auf diese Weise hinaus und ließ die Stadt hinter mir.

In der Brieftasche fand ich außer einer Goldkette 500 Reichstaler in bar. Ich ging in größter Eile des Weges, denn es begann zu tagen, und an dem Ort hörte man bereits Lärm. Nach dem, was ich dann später vernahm, ist der Goldschmied aufgewacht, hat sein Geld vermisst und in alle Richtungen Spione ausgeschickt. Da Schnee lag und ich in der Nähe Leute hörte, wich ich vom Weg ab zu einem Zaun, so dass keine Spur von mir mehr gesehen werden konnte. Es schneite stark, und ich fror jämmerlich. Mit der Zeit schlief ich im Schnee ein und fand, als ich wach wurde, dass so viel Schnee gefallen war, bis ich eine Decke bekommen hatte. Mein Schneebett war so warm wie aus Daunen. Um meinen Weg fortzusetzen, musste ich auf die Dunkelheit warten. Gegen Abend begab ich mich weiter auf den Weg und hatte das Glück, dass ein Pferd mit Schlitten angespannt vor einem Wirtshaus stand; ich lieh dies kurzerhand aus zusammen mit einem langen Mantel, der im Schlitten lag. Nachdem ich beides in Gebrauch genommen hatte, wendete ich das Pferd, gab ihm ein paar tüchtige Peitschenhiebe und dankte auf diese Weise für eine gute Ausleihe. Dann ging der Weg zurück nach Nassereith. Dort hatte man bereits von einem diebischen

Frauenzimmer gehört. Deshalb verkleidete ich mich rasch als Mannsbild und zog über den Fernpass wieder ins Außerfern. Den Winter übte ich mich in Bichlbach auf einem Hof in allerlei Beschäftigungen für Frauenzimmer. Im Frühjahr sollte der Weg nach Innsbruck führen, wo ich eine Stelle als Haushälterin anzunehmen gedachte. Zu diesem Zweck verschaffte ich mir in Reutte eine Menge stattlicher Kleider, sodass ich gut ausgerüstet war als Dame. Es fehlte nur eine Empfehlung. Aus dieser Zwangslage half mir wiederum ein verliebter Gemeindeschreiber. Er verfasste mir für ein paar schöne Augen und einen Griff ans Mieder ein prächtiges Lobschreiben, ebenso ein Empfehlungsschreiben des Pfarrers. Im Frühjahr packte ich meine Habseligkeiten zusammen und machte mich auf den Weg. Ziel war, als wohlhabende Haushälterin einen Dienst in Innsbruck zu suchen.

Nach allen abgelegten Dankbarkeitsbezeugungen der Wirtsleute, die den ganzen Winter über von meinem Geldbeutel gelebt hatten, gab ich ihnen nichtsdestoweniger zehn Reichstaler Trinkgeld für die Bedienung. Der Abschied war zärtlich. Mit dem Restgeld nahm ich die Gasthauskutsche. Alle Kutschenjungen hoben den Hut vor mir; aber ich teilte auch großherzig Trinkgelder aus. Das geschah nicht, ohne dass ich ein wenig hochmütig über das Eigentum verfügte, das andere herbeigeschafft hatten.

Die Reise ging erneut über den Fernpass. Auf dem Weg dorthin ging ich in einen Bauernhof, wo ich mit dem Bauern übereinkam, dass er mich mit seinen

Pferden einige Meilen fahren sollte. Folglich blieb ich bis zum nächsten Tag. Gegen Nachmittag, als ich im kleinen Garten der Bauersleute spazieren ging, der an einen anderen Garten grenzte, der dem Quartiermeister gehörte, kam dieser höchstpersönlich und pflegte seine Blumen. Er warf einen Blick in den Garten, in dem ich mich befand, und blieb, wie er mir später berichtete, vom ersten Anblick an derart eingenommen, dass er zum Zaun kam, der beide Gärten trennte, und mich mit Verwunderung betrachtete. Er wurde dann so dreist, nach meinem Namen zu fragen. Ich antwortete, dass ich aus einer ehrenhaften Familie stamme, aber meine Eltern verstorben seien, auch dass ich seit deren Fortgehen als Haushälterin gedient habe und nun gedachte, mich nach Innsbruck zu begeben, um eine Anstellung zu suchen. Da wurde er so kühn, mich zu fragen, ob ich die Aufsicht über seinen Haushalt annehmen würde, besonders weil er jemanden brauche, dem er vertrauen könne, weil er des Öfteren abwesend sei und es dann niemanden gebe, der sich um sein Eigentum kümmere. Meine Antwort war, dass meine Reise in die Hauptstadt Tirols beschlossen sei, weil ich glaubte, dass ich in einem etwas besseren herrschaftlichen Haus ein höheres Gehalt erhalten würde und weniger Probleme hätte als auf einem Landhof, wo immer so viel zu tun sei. Da versprach er, nicht auf zehn Reichstaler mehr oder weniger zu sehen. Unter mir sollte ich vier Mägde haben, sodass ich nur zu befehlen hätte. Ich teilte ihm nach einiger Bedenkzeit mit, dass ich einverstanden sei. Er war ziemlich erleichtert und stellte einen ehrenhaften

Lohn in Aussicht. Ich folgte dem Quartiermeister zu seinem Wohnsitz. Er bewirtete mich nach besten Kräften; danach entstand die Frage nach dem Gehalt. Die Antwort war, dass ich früher 100 Reichtaler plus Geschenke an Feiertagen bekommen hatte und nun nicht weniger von ihm zu erwarten hätte.

Zuletzt begann er mit einer Art schönem Heiratsantrag. Er meinte, ich sollte und könnte sein Eigentum gleich dem meinen ansehen, ich würde diejenige sein, die seine häuslichen Kümmernisse mit ihm teilen würde. Er sagte weiterhin, dass ich zu seiner Weggefährtin ausersehen war, seinem Trost und seiner Stütze im Leben. Als ich mich darüber wunderte, warum er als ein Mann in seinen besten Jahren noch keine Gattin für sich erwählt hatte, antwortete er, dass seine Ökonomie erst jetzt in Ordnung gekommen sei und er nunmehr sein Vermögen in trockenen Tüchern habe, so dass er nun eine gutmütige Begleiterin durch das Leben suchte. Er zeigt mir sein Haus. Es war gut ausgestattet. Die Zimmer waren schön möbliert, und alles zeugte von Anstand und Geld. Wäre ich von einem anderen Geschlecht gewesen, hätte sein Angebot in Hinsicht auf eine Ehe Eindruck auf mich gemacht, nun waren die Verhältnisse aber doch ganz andere. Was meine Zeugnisse betraf, so fragte er nicht nach weiteren, denn seine Liebe zu mir übersah solche Kleinigkeiten. Meine Sachen wurden vom Bauernhof geholt und ich unterrichtete meine früheren Wirtsleute darüber, dass ich bei ihrem Nachbarn, dem Quartiermeister, als Haushälterin angenommen worden war. Ach! Woran denkt die Mamsell, die einen Dienst bei diesem geizigen Menschen annahm; er rechnet jedes Stückchen, das er seinen Dienstleuten gibt, sagte die Bauersfrau, und er kann Leute nie länger als ein halbes Jahr behalten; eine Mamsell, die einige Jahre seinen Haushalt versorgte, hat er mit Eheversprechen verführt. Aber nun, wo ihre Reize nachzulassen beginnen, glaubt er vermutlich, sich von ihr zu trennen, und wird Mamsell auch nur ein einziges Jahr dortbleiben, so kann ich fast darauf wetten, dass Mamsell sich in einem gesegneten Zustand befindet, Ha, ha!, antwortete ich, mit mir wird er es nicht so weit treiben und was seinen Geiz betrifft, so bin ich nicht so einfältig, dass ich nicht wagen würde, ihn mir vorzunehmen. Der gewogene Herr wird sehen, dass unter mir und meiner Leitung die Dienstleute keinen Hunger leiden müssen. Nun kam der Knecht des Quartiermeisters und sagte, dass er mit Pferd und Kutsche gekommen sei, um mich abzuholen. Ich ging direkt mit, und obwohl der Hof nur ein kleines Stück davon weg lag, zeugte es von einer anständigen Hochachtung, dass ich mit diesem Fuhrwerk abgeholt wurde.

Der Quartiermeister begrüßte mich und geleitete mich in ein schönes Zimmer, welches, wie er sagte, nun mein eigenes sei. Gegen Abend kam ein bleiches Frauenzimmer ins Zimmer und deckte den Tisch. Spuren von Schönheit sah man noch, aber diese Person war sehr an Sorgen gebunden, und mit trauriger Mine wünschte sie mir viel Glück zu meiner Ankunft. Ich fragte sie, ob auch sie im Dienst meines neuen Herrn sei. Bin ich gewesen, antwortete sie, denn morgen muss ich das Haus verlassen und den Schurken, der mich sowohl meiner Unschuld als auch meiner Ruhe beraubt hat. In dem Moment kam der Quartiermeister herein und brach das Gespräch ab. Er sagte, sie solle sich mit dem Essen beeilen, welches auch sofort hereingetragen wurde, da der Abend weit vorangeschritten war. Wir aßen alleine, und das Gespräch handelte hauptsächlich von Liebschaften. Nach dem Essen raubte der unverschämte Quartiermeister einen Kuss von mir. Ich strafte ihn mit einem derart scharfen Blick, dass er errötet um Verzeihung bat. Er war, sagte ich, die erste Mannsperson, die es wagte, meine keuschen Lippen zu entheiligen. Er bat mich unter dem Versprechen, hiernach nie mehr so kühn zu sein, seine Impertinenz zu vergessen. Er zeigte auf die Uhr, um meine Magd zu rufen, danach nahm er Abschied. Auch ich begab mich ins Bett, schlief aber schlecht, weil mir der Gedanke kam, ich hätte mich übernommen. Aber es musste nun gehen, wie es wollte. Meine Kochkenntnisse halfen mir und das Übrige konnte man wohl mit der Zeit lernen.

Im Morgengrauen begab sich der Quartiermeister auf die Jagd. Nachdem ich mich angezogen hatte, ging ich hinaus und sah mich um; auch die Küche besichtigte ich. Sie war nicht verschlossen. Da lag das erwähnte Frauenzimmer, das verwundert war, mich so früh am Morgen zu sehen. Sie bat mich höflich hereinzukommen und informierte mich darüber, dass sie sich noch am selben Tag fortbegeben würde. Ich fragte sie, wie lange sie hier im Haus gewesen sei. Sie antwortete fünf Jahre und während dieser Zeit sei sie Mutter von drei

Kindern geworden. Der Quartiermeister hat zu großem Teil mir für seinen Wohlstand zu danken. Statt seiner früheren Umsorge treibt er mich nun hinaus in die Welt, völlig verarmt. Sie warnte mich vor dem Quartiermeister. Sei ohne Furcht, ich bin nicht gefährdet, er wird nie seine Absicht mit mir erreichen. Ich werde ihn auf gebührlichen Abstand halten. Wir trennten uns danach, und ich begab mich zurück in die Küche. Die anderen Mägde hießen mich willkommen, aber wunderten sich, warum die gnädige Mamsell so früh aufgestanden war. Die Antwort war, dass Morgenluft ziemlich gesund und das Gebiet da herum ziemlich angenehm ist, was man nicht über die Atmosphäre in der Küche sagen konnte. Danach ging ich zurück auf mein Zimmer. Der Quartiermeister kam von der Jagd zurück nach Hause, obwohl es erst Viertel nach vier war. Er begab sich direkt zur Küchentür und weckte die Mägde mit einem schrecklichen Krach. Das ganze Haus kam nun in Bewegung. Ich zog den Klingelzug, und dann kam er höchstpersönlich, und da er bereits von seiner verabschiedeten Mätresse wusste, dass ich schon seit längerem aufgestanden war, fragte er mich höflich, wie ich die Nacht zugebracht hatte. Nachdem ich dies zu seiner Befriedigung beantwortet hatte, unterrichtete er mich darüber, dass eine notwenige Angelegenheit seine Abreise erforderte, weshalb er mir die Schlüssel und einige kleine Haushaltsregeln übergeben wolle. Kaffee wurde hereingebracht, und ein freundlicher Jüngling, der sein Buchhalter war, fand sich auch ein. Nachdem wir getrunken hatten, begaben wir uns in den Vorratsraum, dort gab es

Lebensmittel im Überfluss, weshalb ich nicht einsehen konnte, warum es größerer Sparsamkeit bedurfte. Wie viel Brot während seiner Abwesenheit an jeden einzelnen Diener ausgeteilt werden sollte, wurde deutlich erklärt. Ich nahm doch deren Partei ein und meinte bestimmt, dass sie ausreichend Essen haben sollten. Das sah er als schlechte Haushaltsführung an. Knechte gab es keine, da sie aufgrund des mangelhaften Essens auf und davon waren. Ein Häusler kümmerte sich um die Pferde und die Arbeit auf dem Hof. Danach bestimmte er selbst, wie viel Milch zum gemeinen Volk gehen sollte. Nach dieser Entscheidung reiste er weg. Die Dienstboten bekamen von mir dann doch noch geschmackvollere Mahlzeiten, als er sich ausgerechnet hatte. Nun kam meine Vorgängerin rein, sie war im Begriff, das Haus zu verlassen. Sie führte ein dreijähriges Kind an der Hand; die anderen beiden waren nicht dabei. Sie konnte immer noch nicht aufhören, sich bei mir in Hinsicht auf die Zukunft zu beklagen. Meine Garderobe würde bald verschwinden und was meinen Lohn betraf, so war kein solcher zu erwarten. Einige kleine Geschenke wären vielleicht zu bekommen, wenn man sich nach seinem Willen richtete. In seinem Dienst hatte sie eine wohlausgestattete Garderobe zerstört und musste sich nun fast verarmt davonmachen. Es war nicht sündig von ihr, Eingriffe in sein Vermögen zu machen, zu dessen Erwerb sie bedeutend beigetragen hatte aus viel größeren Gründen, denn die Kinder waren seine eigenen und sie besaß nichts, um sie erziehen und versorgen zu können. Deshalb beschlossen wir beide, uns aus Truhen und Schatullen des üblen

Quartiermeisters zu bedienen, uns tüchtig die Taschen zu füllen und bei nächster Gelegenheit anzuspannen und das Weite zu suchen, worin ich wiederum im Vorteil war, weil ich mich schon hinter der nächsten Weggabelung wieder in einen Josef verwandeln konnte.

In dieser Nacht verstand ich es endgültig: Die Mannsbilder glaubten, sie bestimmten den Weg und es geschehe, was sie anschafften. Um dazuzugehören, war ich von Natur aus zu schwach. Frei war ich nur als Mara, weil dann nach meiner Pfeife getanzt wurde.

Was freilich aus der dreifachen Mutter geworden ist, konnte ich jedoch nie mehr in Erfahrung bringen. Ich verdrückte mich rasch und suchte wieder die Landstraße."

Während er einsam vor sich hin marschierte, dachte Marandjosef oft darüber nach, warum es für jeden Beruf einen Heiligen gab, nur nicht für den Dieb. Jedes Land hatte seinen Schutzpatron, jede Stadt konnte sich in Not und Bedrängnis an einen Heiligen wenden, nur er hatte niemanden. Selbst Tieren war es vergönnt, beschützt zu werden. Stand nicht Ambrosius für die Bienen, Georg für die Rösser und Gallus für die Gänse? Von Krankheiten ganz zu schweigen: Pantaleon wurde bei Auszehrung angerufen, Blasius bei Halsschmerzen, Apollonia bei Zahnweh. Gewiss, über die Reisenden wachte Christophorus oder Nepomuk, der Brückenheilige. Aber wie war es mit den Dieben? Nur bei den Griechen habe es einen gewissen Hermes gegeben, wie der Pfarrer einmal in der Christenlehre erzählt hat. Hermes sei der

Gott der Diebe und der Kaufleute und außerdem für die Redekunst, das Überbringen von Nachrichten und die Begleitung der Toten in die Unterwelt zuständig gewesen. Aber das war, ebenso wie die Geschichte vom gefesselten Prometheus in den Schluchten des Kaukasus, blankes Heidentum und kam für einen christkatholischen Tiroler wie Marandjosef nicht in Frage. Deshalb beschloss er, sich als Mara an Maria Magdalena, als Josef aber an den gleichnamigen Zimmermann zu halten. Unter den Heiligen gab es männliche wie weibliche. Nur die Engel hatten samt und sonders männliche Namen, und keiner erschien jemals gekleidet wie eine Frau. Existierte überhaupt ein Himmel, der sich solche Fragen stellte? Im Falle des Nikolaus von Myra war Marandjosef unsicher, denn ein Kooperator in Innsbruck hatte ihm einmal von den Wundern und Legenden erzählt, die sich um diesen Heiligen rankten, und ihm empfohlen, sich im Zweifelsfalle an ihn zu wenden: Nikolaus sei der Schutzpatron der Pilger und Fahrenden, aber auch der Diebe, Gefängniswärter, Huren und Gefangenen. Marandjosef mochte den Worten des Kooperators dennoch nicht so recht glauben, weil er in Erinnerung an seine Kindheit mit Sankt Nikolaus immer gleich dessen bösen Knecht Krampus sowie den Sack und die Ruten mitdenken musste. Er konnte sich beim besten Willen nicht vorstellen, dass sich ein Heiliger in die Gesellschaft einer derartigen Schreckensgestalt begeben würde, die mehr dem Teufel glich als einem menschlichen Wesen. Deshalb war das Ergebnis von Marandjosefs Nachdenken am Ende immer gleich: Auf keinen war Verlass, man war allein auf der Welt und trauen konnte man ohnehin niemandem. Sicherheitshalber entschloss er sich jedoch, in der nächsten Kapelle nicht nur einen Hosenknopf in den Opferstock zu werfen. Man konnte ja nie wissen, ob man nicht doch noch eines Tages auf den Beistand des Himmels angewiesen sein würde, solange man sich nicht sicher war, ob das Leben nicht auch mit einem schlechten Gewissen genossen werden durfte.

Das schwäbisch-bayerische Städtchen Füssen gleich hinter der Tiroler Grenze war bekannt für seinen Kindermarkt, und Marandjosef, der zu Kindern immer schnell und leicht einen Weg fand, wurde Zeuge, wie es dort zuging. Die Füssener Erlebnisse gingen ihm deshalb ans Gemüt. Die Kinder kamen aus dem Lechtal und noch von weit hinter dem Reschen, und ihr Weg führte sie aus ihrer Heimat weg von Mutters Rockzipfel und einer karg gefüllten Schüssel immer weiter bergab ins Schwabenland. Markttag war jedes Jahr an Josephi. Da wurden sie verschachert als billige Arbeitskräfte an einen Hof, auf dem es genügend Milch gab und Honig und ein Gewand, das nicht zerrissen war. Bis in die Mitte der zwanziger Jahre hinein wanderten die ärmsten Bergbauernkinder Tirols im Frühjahr jeden Jahres ins Schwabenland, um sich dort auf Kindermärkten für einen Sommer lang an die einheimischen Bauern zu verkaufen. Das Schwabenland, so hatte man den Kindern versprochen, das sei das Paradies. Dort gebe es alles, was das Herz begehre. Sobald der erste warme Wind den Schnee von den Dächern fraß, zog ein zwielichtiger

Kerl, nicht selten ein Veteran aus dem russischen oder dem napoleonischen Heer über die Höfe, um die Kinder zu holen. Er führte sie auf dem Hungerweg über das Mädelegabeljoch oder entlang des Lechs ins Schwabenland, wo schon seit Urzeiten Vieh und Leinen hin- und hergingen. Im Spätherbst kehrten sie dann zurück, ausgestattet mit einem neuen Gewand und ein wenig Geld, das sie sogleich abliefern mussten. Wenn es hinunter ging ins Schwäbische, waren die schmächtigen Kinder in einem erbarmungswürdigen Zustand mit ihren geflickten Joppen, den dünnen Hosen, den Röckchen und Tüchern, nicht mehr als einem Ranken altem Brot und ein paar gedörrten Birnen und Äpfeln im Rucksack. Und ihre Augen waren furchtsam wie bei erschrockenen Tieren. Meistens waren schon die Eltern ins Schwabenland gezogen, der Hungerweg hatte eine traurige Tradition. Die Menschen, an denen der Kinderzug vorbeizog, schimpften ihn Bettelvolk, nur selten gab es unterwegs einmal eine Suppe oder Graupen. Manche bezahlten dafür mit selbstgeschnitzten Krippenfiguren, die sie daheim an langen Winterabenden aus weichem Holz gebissen hatten. Der Himmel hing voller Schneewolken, und der grobe Anführer befahl, gegen den Hunger anzusingen: *Jenseits des Tales standen ihre Zelte* oder *Weißt du, wie viel Sternlein stehen …*, aber die Kinder heulten Rotz und Wasser. Und was gab es Traurigeres als Hunger, der sang? Nachts träumten sie in einem Heuschober von einem eigenen kleinen Hof mit einer Ziege und einer Kuh und einer fetten Kleewiese hinter dem Haus. Sie kauten an kaltem gefrorenem Fladenbrot, und wenn ein

Kind fieberte, flößte ihm der Anführer einen Schluck Schnaps ein, und der Kindermagen glaubte, innerlich zu verbrennen. Sie wanderten am Lech entlang und näherten sich der Stadt Füssen, wo einst im Hohen Schloss Papst Pius VI. auf seiner Reise nach Rom übernachtet hatte. Die Stadt war bekannt für ihre Lautenmacher und Geigenbauer. Wenigstens behauptete das der Anführer, und der musste es ja wissen. Der Markt war in der Reichen-Straße, und die Kinder staunten mit offenen Mäulern über die prächtigen Stadthäuser und die Auslagen und all die kostbaren Dinge, die es da zu kaufen gab. Sie verstanden den Namen der Straße, denn es mussten reiche Leute sein, die dort wohnten. Endlich standen vor dem *Gasthof Krone* an die fünfundzwanzig Kinder zusammen in zerschlissenen Leinenhöschen und einem Gewand, durch das Wind pfiff. Von Strümpfen und vernünftigen Schuhen keine Spur. An einem rauen Märztag warteten sie auf einen gnädigen Bauern, auf einen von denen, die bedächtig und mit dem Kennerblick von Viehhändlern und Rosstäuschern die Kinderschar zu mustern begannen, die Muskeln der Buben prüften, den Mädchen zuweilen unters Röckchen fassten und das Pfläumchen fühlten. Einer spuckte aus und meinte, sie sähen alle aus wie Kreuzigungsjuden und Magermilchkrüppel, sie standen schachernd herum, die Pfeife im Maul, die Hände im Hosensack, dickwanstig und geldig, aus dem Wirtshaus wehte der Duft von Siedfleisch und Riemensuppe. Ein Bauer ließ zwei Buben miteinander raufen. Er wollte sehen, welcher der Stärkere war. Den würde er nehmen. Die verkauften Kinder mussten sich trennen, Tränen flossen, während ein anderer Bauer wissen wollte, ob sie denn auch alle katholisch seien, denn lutherische dulde er nicht auf seinem Hof. Jetzt führte er die Ware ins Wirtshaus, und seit langem wurden die Kinder endlich wieder einmal richtig satt.

Habt ihr Rösser daheim, ihr nixigen Vogelhändler?

Wir tragen das Heu in Kraxen auf dem Buckel.

Brave Esser sind die Schwabenkinder, heißt es allgemein.

Sei froh, dass du zu mir kommst und nicht in die Spinnerei oder die Zündholzfabrik. Da geht's anders her.

Der Wirt brauchte noch einen Kegelbuben.

Er musste den Schwächsten nehmen, der übrig geblieben war. Der Anführer schrieb seine Liste, sackte das Geld ein und sagte halblaut: Das Ganze ist barbarisch.

Nach dem Essen führte der Bauer die Kinder zum Landauer und fuhr los. Die ledernen Zügel der Rösser glänzten schwarz, die silbernen Beschläge blinkten. Der Weg ging hinaus aus der Stadt über verschneite, teilweise schon aperne Felder, und während die Pferde in den Galopp fielen, dachten die Kinder ans Weglaufen, obgleich es sie auch ein wenig stolz machte, in der Kutsche über Land zu fahren. Aber sie wussten nicht, welchem Gefühl sie trauen konnten.

Sie kamen auf einen reichen Hof. Das war schon etwas anderes als die heimatliche Hütte am Steilhang. Man wies ihnen ihr Quartier zu, Knechte und Mägde schauten misstrauisch, die Bäuerin kleidete die Kinder ein, der Bauer wollte nicht, dass sie wie Bettler und Hungerleider herumliefen. Er hatte seinen guten Ruf zu verlieren. Nur deswegen. Sie wurden nicht mit ihrem Namen angesprochen, sondern man rief sie „Tiroler". Beim geringsten Fehler wurden sie geschlagen oder mussten in der Ecke auf einem kantigen Holzscheit knien, bis sie ihren Körper nicht mehr spürten. Nachts schauten sie zu den Sternen hinauf, dachten an daheim, und sie malten sich aus, wie es wäre, wenn sie selbst eines Tages einen kleinen Hof hätten mit einer Ziege und einer Kuh und einer saftigen Kleewiese hinter dem Haus.

So manches Schwabenkind aber ist im Schwabenland hängen geblieben, wurde, wenn es als Mädchen Glück gehabt hatte, geheiratet, wenn es Pech gehabt hatte, bloß geschwängert. Buben wurden manchmal adoptiert. Gleichviel: Wichtig war immer nur die Arbeitskraft. Schließlich hatte der heilige Magnus, Sohn eines Königs von Schottland und Hausheiliger des Allgäus, unter der Hand ein paar kleine Wunder bewirkt, und was gestern noch die Schwabenkinder vom Kindermarkt waren, das sind heute auf den Baustellen des Fortschritts und in der Gastronomie des Event-Tourismus Rumänen, Ukrainer oder Polen, Kosovaren und Albaner, Söhne und Töchter des Adlers und Abkömmlinge des stolzen Skanderbeg aus dem Adelsgeschlecht der Kastrioti. Denn im Schwabenland versteht man sich seit alters darauf, den Karren von Lumpengesindel und Hungerleidern ziehen zu lassen. Man selber aber sitzt mit flackernden Augen hoch auf dem gelben Wagen beim Schwager vorn, bis eines Tages ein schwarzer Engel über Land fliegt, die Berge ins Rutschen kommen und der Schnee alles gierig verschlingt. Um Martini gingen die Tiroler Kinder über das Mädelegabeljoch zurück nach Hause auf die ärmlichen Höfe, brachten ein wenig Münze mit, vielleicht neue Schuhe und eine dicke Joppe, die zuletzt von allen jüngeren Geschwistern aufgetragen werden musste. Der Pfarrer aber hatte einzig die Sorge, die Kinder könnten wegen der mangelnden Christenlehre den ganzen Sommer hindurch nicht mehr fromm genug sein und das Beten vergessen haben.

Als sich Marandjosef im Lechtal herumtrieb, dort, wo die Kinder herkamen, hatte er eines Nachts eine neue Geschäftsidee: Ein Beinhaus, auch Karner oder Gerner genannt, wie es in Tirol öfter anzutreffen war, diente zur Aufbewahrung der Gebeine und ging zurück auf jüdische Knochenkästen, die in den Katakomben aufgestellt worden waren. Die gemauerten Häuser ermöglichten auf dem Friedhof Platz für neue Gräber, ohne den längst Verstorbenen ihre Würde zu nehmen. Aufbewahrt wurden Schädel sowie Arm- und Beinknochen. Aufgrund der Verehrung besonderer Verstorbener hatte Marandjosef eines Nachts, als er Arbeit suchte, den Einfall, in das Beinhaus von Elbigenalp einzubrechen, einen Sack voll Knochen zu stehlen und diese als Reliquien verschiedener Heiliger zu verkaufen. Während er damit bei einfältigen Gläubigen, insbesondere alten Frauen sowie Kranken und Wundergläubigen, einigen Erfolg hatte, geriet er beim Pfarrer von Weissenbach an den Falschen, denn dieser verwickelte Mara in ein scheinbar harmloses theologisches Gespräch, in dessen Verlauf er die Händlerin, die wie bei all ihren krummen Unternehmungen in schmucken Frauenkleidern auftrat und sich mit fromm-naivem Augenaufschlag Mara nannte, über ihre Kenntnisse verschiedener Heiligenviten und Legenden abfragte. Als deren Wissen nach und nach immer dünner wurde, schöpfte der Geistliche Verdacht. Schließlich brachte er die Sünderin mit vielen guten Worten und Androhungen höllischer Strafen dazu, freiwillig ein Geständnis abzulegen, indem er ihr versprach, die Angelegenheit unter das Beichtgeheimnis fallen zu lassen, sofern sie ihm ihr Mieder öffne. Allerdings hatte der Pfaffe die Rechnung ohne seine Haushälterin gemacht, die ebenfalls ein Stück Knochen gekauft hatte, das angeblich vom heiligen Antonius stammte, der alles Verlorene und Verlegte wiederbringen konnte. Neugierig, wie sie allein schon von Berufs wegen war, hatte sie an der Tür gelauscht, und noch ehe der Pfarrer das Ego te absolvo über die reuige Sünderin sprechen konnte, hatte sie schon den Dorfgendarmen verständigt. Sobald dieser anrückte, blieb Mara nichts anderes übrig, als den Pfarrhof durch das hintere Fenster des Herrenzimmers zu verlassen und Richtung Gaichtpass zu fliehen.

Auf der Gaicht, die auf einen mittelalterlichen Saumpfad zurückgeht und als Hallstraße in Dienst genommen worden war, traf der falsche Reliquienhändler, jetzt wieder in Männerkleidern, an der Stelle, wo in alten Zeiten kurz vor Allerheiligen die Hexen tanzten und das Vieh im Stall verrückt machten, auf Hausierer, die Richtung Tannheimer Tal unterwegs waren. Die Passstraße war mit dem Salzgeld und dem selbstlosen Einsatz einheimischer Bauern immer besser ausgebaut worden, bis an die 300 Zugtiere täglich auf ihr gezählt wurden, die Salz und Wein über die Berge Richtung Westen und Norden transportierten. Da fiel ein Kerl mehr oder weniger nicht auf, zumal keiner Verdacht schöpfte, weil die Gendarmen hinter einem dreisten Frauenzimmer her waren.

Schon einmal hatte Marandjosef die Route ins Tannheimer Tal genommen und sich im Haldensee erfrischt. Dort gab es einen bösen Bauern namens Halden mit drei schönen Töchtern, die genauso hartherzig waren wie ihr Vater und sich nach dessen Tod das reiche Erbe teilten. Nur die jüngste Schwester, die schon früh an den Augen litt, wühlte nicht in den Münzen herum, sondern verließ sich darauf, dass ihre beiden Schwestern ihren Anteil redlich und gerecht bemessen würden. Doch dem war nicht so. Als sie schließlich doch ihre Hände in den Münzscheffel tauchte und merkte, wie gering die Tiefe war, wusste sie, dass sie betrogen worden war. Da fluchte sie, streckte die Fäuste zum Himmel und wünschte Gottes Strafgericht auf ihre beiden Schwestern herab, warf all ihre Münzen und das gesamte Geld nach ihren Schwestern. Es kam ein furchtbares Gewitter und ließ das Haus erbeben, die Erde riss auseinander und verschlang Stallung und Hof, Vieh und Felder. Bäche stürzten von den Bergen und sammelten sich zu einem See, der später den Namen Haldensee trug. Marandjosef wagte es wegen der Sage nicht, darin zu baden, sondern er machte kehrt und schwor, das Tannheimer Tal künftig zu meiden, auch wenn in Schattwald vor dem Übergang ins Oberjoch hätte Beute gemacht werden können.

Marandjosef, der unterwegs auf der Gaicht die Geschichte von den drei *Saligen Fräulein vom Gaichtberg* hörte, die nachts darüber wachten, dass den Händlern ihre Ware nicht gestohlen werde und sich kein böser Geist ihrer bemächtige, schloss sich Zillertaler Kraxenträgern an, die mit heilsamen Ölen, Salben und Tinkturen unterwegs waren und ihre Waren in buntbemalten Öltruhen an ihre Kundschaft brachten. Die Salben wurden aus heimischen Heilkräutern, Gewürzen, Tannenzapfen, Wacholderbeeren und Honig hergestellt und kamen sowohl zur inneren als auch zur äußeren Anwendung gleichermaßen bei Mensch und Vieh als Hausmittel zur Verwendung. Bisweilen mischten jedoch die Hausierer auch die eine oder andere Tinktur unter ihre fragwürdige Medizin, die angeblich das Leben verlängerte, vor Feuer und Blitzschlag, Warzen, Krätze und Geschlechtskrankheiten schützte und Manneskraft noch im hohen Alter versprach. Auch hierin sah Marandjosef neue Möglichkeiten, rasch zu Geld zu kommen, weswegen er die Händler unterwegs geschickt aushorchte, um sich die entsprechenden Rezepturen nennen zu lassen.

Seine Lieblingsgeschichte war die des Saligen Fräuleins, das einer Bäuerin ein Schächtelchen gab, aus dem ein Stück Zwirn schaute. Das Fräulein versprach der Bäuerin, sie könne jederzeit am Zwirn ziehen, der ihr ganzes Leben lang nie zu Ende gehe. Nur öffnen dürfe sie das Schächtelchen nicht. Lange hielt sich die Bäuerin an das Verbot, doch eines Tages war die Neugier größer, und sie öffnete es. Da war es leer, und die Bäuerin hatte nie mehr kostenlosen Zwirn zum Nähen.

Unterwegs im Lechtal hatte Marandjosef mehrere Möglichkeiten, sich durch die Seitentäler aus dem Staub zu machen. Es reizte ihn, nach Elmen zu gehen, weil dort am sogenannten Schlosseregg ein Schatz liegen sollte, bei dessen Bergung man allerdings kein Wort sprechen dürfe. Schon mehrfach hätten Reisende versucht, an das Geschmeide zu kommen, doch jedes Mal sei es plötzlich während des nächtlichen Grabens taghell geworden und sie hätten sich erschrocken reihum gefragt, warum es so hell sei und auch noch Glockengeläut zu hören war. Und jedes Mal sei der Schatz dann noch tiefer in der Erde versunken.

Marandjosef hätte von Stanzach aus Richtung Namlos wandern können, um nach Berwang abzusteigen und von dort über Lermoos wieder Richtung Fernpass zu gelangen. Aber er hätte auch von Häselgehr aus linker Hand nach Gramais aufbrechen können. Auf dem Weg lagen, wie er wusste, etliche alte Höfe, die vielversprechende Möglichkeiten boten, für eine Weile unterzukommen, ohne der wachsamen Gendarmerie aufzufallen. Arbeitskräfte waren ohnehin Mangelware, weil sich viele Männer den Aufständischen um Andreas Hofer angeschlossen hatten, um gegen die Bayern und die verhassten Franzosen zu kämpfen, sofern sie nicht als Rekruten in ein fremdes Regiment gekeilt worden waren. Als Hofer später in Mantua erschossen wurde, sollen im Außerfern um die nämliche Stunde einen

Tag lang alle Quellen versiegt sein, so sehr habe selbst das Tiroler Gebirgswasser getrauert.

In Namlos wollte man keine fremde Magd aufnehmen, denn dort erzählte man sich, in früheren Zeiten habe auf einem Hof eine dahergelaufene Magd Dienst getan, die der Zauberei verdächtigt geworden war. Immer wieder habe man auf den Feldern seltsame blaue Glasscherben gefunden, und jedes Mal sei dem Bauern dann ein Stück Vieh verreckt. Erst als ein Kapuziner den Hof drei Tage lang gegen den Bann mit Weihrauch ausgeräuchert und jedes Rind, jedes Schaf und jede Geiß, ja selbst jede Henne exorziert habe, sei wieder Frieden eingekehrt. Seit jenen Tagen aber nähmen die Bauern keine fremden Mägde mehr auf, sondern nur noch eigene Leut.

Über das Tal Gramais schrieb einst der Tiroler Topograf Jakob Staffler: „Es ist ein Alpental, rau, trübselig und unfruchtbar. Die Bewohner gelten als gutmütige, fleißige und genügsame Leute, die nicht viel wissen von Kuchen, Wein und Bier. Es handelt sich um ein zufriedenes Volk, obgleich ein sparsamer Himmel über den trauernden Tälern hängt." Das war Marandjosef gerade recht, denn je ungebildeter die Menschen waren, desto leichter konnte er mit ihnen seine Geschäfte machen. Schließlich entschied er sich, ins Tal der Latschenbrenner auszuweichen, von denen er sich neue Geschäftsideen versprach, zumal die Ergebnisse der Latschenbrennerei bei den Bauern sehr beliebt waren. Das bedeutete freilich, bei Elmen über das Bschlabser Tal, die Dörfer Boden und Pfafflar und das Hahntennjoch ins Inntal Richtung Imst zu gelangen.

Zwischen Boden und Pfafflar gab es einst einen Streit um eine Alm, den schließlich der berühmte Pfarrer von Elbigenalp durch eine List entschieden habe. Beide Dörfer stritten um den Besitz einer saftigen Alm, und obwohl die Wiesen von Rechts wegen den Bodenern zugestanden hatten, entschied der Pfarrer von Elbigenalp für die Pfafflarer. Er füllte seine Schuhe mit Erde aus Pfafflar und versteckte unter seinem Hut einen kleinen Schöpflöffel. Schließlich hielt er mitten auf der umstrittenen Weide Gericht, prüfte die Urkunden und entschied mit den Worten: „So wahr der Schöpfer auf mein Haupt schaut, stehe ich hier auf Pfafflarer Erde."

Das Hahntennjoch, das Marandjosef unter seinen Sohlen hatte, war ein Saumweg, den bereits rätoromanische Hirten vom Inntal herauf Richtung Norden genommen hatten. Auf dem Hahntennen mussten seinerzeit sämtliche Waren mit Saumtieren oder in Kraxen auf dem Rücken über das Joch geliefert werden, wobei Steinschläge im Sommer und Lawinen im Winter den Weg zu einem der gefährlichsten im gesamten Außerfern machten. Das habe, hieß es, auch mit dem Höllenhund zu tun, der auf der Passhöhe in den rauen Nächten sein Unwesen treibe mit zotteligem Fell, brennenden Augen und feuriger Zunge. Größer als ein Kalb habe er so manches Stück Jungvieh gerissen und nächtliche Wanderer in Angst und Schrecken versetzt. Was es für eine Bewandtnis mit ihm habe, das habe nicht einmal der Pfarrer von Elbigenalp herausgefunden, der sich sonst auf das Deuten heidnischer Sagen und Bräuche bestens verstanden habe. Beispielsweise habe es dort einmal auf den höheren Alpwiesen wegen des Versumpfens eine Schlangenplage gegeben, bis ein Schlangentäuscher aus Innsbruck gekommen sei, um die Bauern von der Plage zu befreien. Es dürfe nur keine weiße Schlange unter den Nattern sein. Die Bauern sagten, eine weiße Schlange hätten sie noch nie gesehen. Also machte sich der Schlangentäuscher ans Werk, entzündete ein Feuer und lockte das Getier an. Schon kamen sie zuhauf herbei und verbrannten im Feuer. Erst zum Schluss sei dann doch eine weiße Schlange mit einem Krönchen auf dem Haupt erschienen. Und ehe sie ins Feuer gestürzt sei, habe sie dem Schlangentäuscher mit einem Sprung an die Brust das Herz durchbohrt. Aufgrund dieses grausamen Endes kam Marandjosef wieder von dem Gedanken ab, als neuer Schlangentäuscher den Einheimischen das Geld aus der Tasche zu ziehen.

Marandjosef hatte die Absicht, von der Latschenbrennerei zu profitieren und gestrecktes Pechöl zu verkaufen, das aus den Zweigen von Latschen und Zirben sowie Baumpech, wie man das Harz nannte, gebrannt wurde und als altbewährtes volksmedizinisches Mittel galt. Eingenommen bei inneren Erkrankungen versprach es wenn schon nicht Heilung, so doch wenigstens Linderung, und äußerlich aufgetragen wirkte es ganz wie von selbst. Die Ölbrenner des Lechtales sahen in der Latschenbrennerei ein willkommenes Zubrot. Überall in den Seitentälern wurden Latschen gehackt, die in große Bündel verzurrt auf dem Rücken zu den Brennplätzen geschleppt wurden, wo sie zusammen mit Fichtenholz entfacht wurden. Zur Herstellung von einem Liter reinen

Öls benötigten die Brenner mehr als 500 Kilo Latschenzweige. Zerkleinert und gehäckselt kamen sie mitsamt den Zapfen in Holzbottiche, in denen mittels Wasserdampf das wertvolle Öl destilliert wurde. Marandjosef verstand sich im Handumdrehen darauf, das kostbare Öl derart zu verdünnen, dass es, mit einem Pülverchen aus der Reuttener Apotheke wieder eingedickt, auf Anhieb nicht vom Original unterschieden werden konnte. Erst wenn man es erhitzte, zeigte sich seine mindere Qualität, doch bis dahin war die stets lustige und fidele, aber sonst unbekannte Ölhändlerin namens Mara schon über alle Berge. Bis sich der Betrug auf den einsam gelegenen Höfen herumgesprochen hatte, war die junge Frau längst wieder in Männerkleider geschlüpft und konnte deshalb ungehindert ihrer Wege gehen. Die Gendarmen suchten wieder einmal eine gewisse Mara, groß und schlank und von hübschem Aussehen, indes Josef mittlerweile schon auf der Suche nach den Möglichkeiten neuer Lumpereien war.

Als er eines Morgens einen Heustadel fand, in dem er sich vom Handwerksburschen wieder in eine Magd verwandeln wollte, fuhr ihm der Schreck in die Glieder, denn er vermisste auf einmal eine silberne Taschenuhr, an deren Kette einige Hirschgrandeln hingen. Es war eine Beute, auf die er besonders stolz war, zumal er sicher sein konnte, mit ihr einen guten Preis zu erzielen. Doch wo war sie jetzt? War sie ihm beim Schlafen im Heu oder soeben beim Umziehen unbemerkt aus der Tasche gerutscht? Hatte er die Uhr unterwegs verloren und überhört, wie sie auf den weichen Waldboden gefallen war? In seinem Magen rumorte es, für einen Augenblick schien er wie gelähmt und unfähig, sich das Dirndl über den Kopf zu ziehen. Er zitterte, was er sonst nicht von sich kannte, denn oft genug war er beim Stehlen auf eine ruhige Hand angewiesen. Bisher hatte er sich immer im Griff gehabt. Nicht so jetzt. War er am Ende ein bestohlener Dieb? Hatte ihn beim letzten Wirtshaushock einer der Wandergesellen um die Sprungdeckel-Uhr erleichtert? War es der mit dem eisgrauen Bart gewesen, der ihm gleich verdächtig vorgekommen war, weil er sich so nahe an ihn herangesetzt und anerkennend den Stoff seiner Joppe befingert hatte? Oder war es eine Prüfung, die ihm der liebe Gott auferlegte? Ganz gegen seine Gewohnheit fing Marandjosef an, den Heiligen Antonius anzurufen, der für Verlorenes zuständig war und der, wie er sich erinnern konnte, bisweilen seiner Mutter geholfen hatte. Marandjosef wusste, dass Antonius von Padua einer der beliebtesten Heiligen der Tiroler war. Er wirkte unzählige Wunder, weswegen das Vertrauen in seine Hilfe nahezu grenzenlos war. Immer wurde er als Wiederbringer verlorener Sachen angerufen, man opferte ihm Kerzen und ungezählte Vaterunser. Mit seinem Beistand hoffte Marandjosef zuversichtlich, die gestohlene Uhr wiederzufinden. Doch seine Gebete und Anrufungen, seine Versprechen drei, gar fünf Kerzen in der nächstbesten Kirche zu stiften und eine Messe lesen zu lassen, wurden nicht erhört. *Unrecht Gut gedeihet nicht.* Dieser Satz kam ihm erneut in den Sinn und fräste sich bei ihm ein, sodass er schließlich die kostbare

Uhr mit den imposanten Hirschgrandeln endgültig verloren gab. Schweren Herzens band er sich die Dirndlschürze um, nahm sein Bündel und zog weiter seiner Wege, nicht ohne immer wieder in Gedanken auf die Taschenuhr zurückzukommen und sich zu fragen, warum ausgerechnet ihm der Heilige Antonius seinen Beistand verweigert hatte.

Im Inntal angekommen, beschloss Marandjosef, dorthin zu gehen, wo die Reichsten saßen. Und das waren Kirchen, die nur so von Gold und Silber strotzten. Zwar waren sie von frommen Betschwestern, die Tag und Nacht vor den Beichtstühlen herumhockten, gut gesichert, doch das hielt ihn nicht ab, zweimal in Kirchen einzubrechen. Er wusste genau, dass die Todesstrafe für Kirchenraub seit 1772 aufgehoben war. Deshalb ging er das hohe Risiko ein. Dabei war er diesmal, entgegen seiner sonstigen Gewohnheiten, nicht allein. Sein seltsamer Kumpan war ein ehemaliger Kanzleibeamter namens Krohn, von dem es hieß, er sei eine auffällig elegante Erscheinung gewesen, der Marandjosef eingeschärft habe, sich unauffällig zu benehmen und sich nicht an verrufenen Orten aufzuhalten. Wahrscheinlich war Marandjosef noch vor dem Einbruch bewusst geworden, dass er einen großen Fehler begangen hatte, einen anderen in seine Pläne einzuweihen und sich auf ihn verlassen zu müssen. Er wusste doch, dass seine Stärke darin bestand, stets allein zu handeln und blitzschnell das Geschlecht und damit das Aussehen zu wechseln. Doch als ihm diese Überlegungen kamen, war es schon zu spät, das in einem schwachen Augenblick der Vertrauensseligkeit preisgegebene Geheimnis wieder zurückzunehmen.

In den Finstermünzer Unterlagen liest sich das folgendermaßen: „Immer stellte besagter Jakob Krohn mit ordentlichster Handschrift alle erforderlichen Papiere für sich selbst und seine Spießgesellen aus." Er wurde Buchhalter bei der Brauerei in Telfs, verschwand mit der gesamten Kasse und überredete Marandjosef, an einem wirklichen Streich teilzunehmen, wie es ihn bisher noch nicht gegeben habe: „Jetzt geht es auf zur Stiftskirche der Zisterzienserabtei Stams!"

Das Stamser Zisterzienserstift reicht auf das Jahr 1273 zurück und verdankt sich der übermächtigen Trauer von Elisabeth von Bayern um ihren Sohn Konradin, den letzten Staufer, der, fast noch ein Knabe, 1268 im Alter von 16 Jahren auf der Piazza del Mercato in Neapel enthauptet wurde. Zahlreiche bedeutende Schenkungen hatten das Kloster über die Jahrhunderte reich gemacht, auch wenn es im 16. Jahrhundert unter den Bauernaufständen gelitten und ein schwerer Brand etliche Teile zerstört hatte. Der barocke Neubau ließ schließlich ein veritables Juwel erblühen, überreich ausgestattet mit Gold und Edelsteinen zur höheren Ehre Gottes, die auf einen Dieb eine besondere Anziehung ausüben mussten, der er nicht widerstehen konnte. Bei diesem Einbruch landeten eine Menge prächtige Abendmahlskelche in den Säcken des Duos, das mit Leichtigkeit durch das Zollhaus bei Imst kam, für das der Spießgeselle Krohn selbst den Schlüssel hatte. Aber noch vor dem Hochaltar schwor sich Marandjosef innerlich hoch und heilig, sich nie mehr mit einem anderen zusammenzutun, sondern der Einzelgänger zu bleiben, der er von Anfang an war.

Bei dieser Gelegenheit weisen die in Finstermünz gefundenen Unterlagen darauf hin, dass die einschlägigen Protokolle zu diesem Vorgang im Gerichtsarchiv zu Imst eingelagert sind. Eine Besonderheit des damaligen Strafrechts gelte es zu berücksichtigen, derzufolge alle Verbrechen in der Gemeinde bearbeitet werden müssten, in der sie begangen wurden. Naturgemäß habe dies nicht nur zu erheblichen Verzögerungen, sondern auch zu langwierigen Reisen den Fernpass hinauf und hinunter unter größtenteils miserablen Fuhr- und Straßenbedingungen geführt. Gerade die berüchtigten Außerferner Winter hätten sich dabei höchst ungünstig auf die Strafverfolgung, vorteilhaft allerdings auf Marandjosefs Unternehmungen ausgewirkt.

Je öfter er – oder muss man sagen: sie? – verurteilt wurde, desto größer wurde ihre oder seine Popularität. Zur Erheiterung ihrer oder seiner Anhänger habe Marandjosef, wenn er/sie wieder einmal vor den Schranken eines Gerichts eines seiner/ihrer Abenteuer zum Besten gegeben habe, nicht selten vor Nachahmung ausdrücklich gewarnt.

Der Kirchendiebstahl von Stams nahm ein böses Ende. Am 2. September 1813 wurde Marandjosef geschnappt und *mit unbrechbaren Fesseln gefesselt* nach Innsbruck in den Stadtturm mit den vergitterten Fenstern gebracht, von wo aus er wie zum Hohn auf das Goldene Dachl und die üppige Barockfassade des

Hölblinghauses schauen konnte. Zu lange war er vor dem Stamser Hochaltar gestanden und hatte etwas gemurmelt, das auch der Pfarrer nicht verstehen konnte, der in der Sakristei auf den seltsamen Beter aufmerksam geworden war und sich langsam von hinten angeschlichen hatte, um schließlich den Dieb zu erschrecken und zugleich zu stellen. Was war es, was Marandjosef da vor sich hingebrabbelt hatte? Ein Fluch? Ein Gebet? Ein Schwur? War es Reue oder eine Gotteslästerung? Man konnte es nicht aus ihm herauspressen.

Das Hohe Gericht exkommunizierte den Dieb wegen des Kirchenfrevels und schloss ihn damit lebenslang aus der Kirchengemeinde aus. Außerdem verurteilte es ihn zum Pranger. Der Delinquent musste an einem öffentlichen Pfahl seine Schuld zugeben und bereuen. Doch damit war der Sühne noch nicht Genüge getan. Er wurde für seine Untaten zusätzlich einer öffentlichen Bastonade unterzogen.

Dazu schrieb Marandjosef in den Finstermünzer Papieren: „Ich verschaffte mir eine Flasche Wein, um mich einzuschmieren; um die äußerliche Fürsorge kümmerten sich der Polizeikommissar und der für die Strafvollstreckung zuständige Profos. Ich sagte zu Letzterem, dass er nicht seine Arme an meinem Rücken zu ermüden brauche. Er antwortete: Ich dresche für Tageslohn und bekomme fünf Bleche für jede Haut, die ich zubereite. Auf meinen Hinweis darauf, dass Maurer und Zimmerleute und andere, die für Tageslohn arbeiteten, gemächlicher zu Werke gingen, antwortete er nicht. Der Polizeikommissar kam nun und bat mich hinzu, um meinen schon vertrauten Bruder, den Pranger, zu umarmen. Ich habe keine Verwandtschaft mit diesem schrecklichen Holzstück, aber um dem Wunsche des Polizeikommissars nachzukommen, werde ich seinem Willen folgen. Außerdem unterrichtete ich ihn gleichzeitig darüber, dass meine oberen Körperteile von zarter Haut seien und er wegen der Empfindlichkeit nicht die weiche Haut beschädigen solle. Es half nichts. Man zog mich hoch, so dass ich zwischen Himmel und Erde hing; der Profos spuckte in die Hände und drosch wie im Akkord. Ich schrie wegen dieses bitteren Frühstücks, das sie mir bereiteten, derart, dass das Trommelfell des Polizeikommissars und Profos hätte platzen können. Nach den Strapazen gab mir der Polizeikommissar ein paar Münzen, um mich verpflastern lassen zu können, was eine Armenhäuslerin besorgte. In der Woche darauf wurde ich zur Festung Fernstein weggefahren, geschmückt mit zwei großen schwarzen Eisenbeschlägen an den Beinen und zwei Paar Handschellen. So nahm ich Abschied vom Gefängnis in Innsbruck, warf einen Blick zurück auf die stolze Stadt, wo so viele und prächtige Vergnügen von mir genossen worden waren. Meine Reise ging gut, weil das Wachpersonal sehr um mich besorgt war und die ganze Nacht über mich wachte. Dann wurde ich zum Markttag durch Nassereith transportiert, wo viel Bauernvolk versammelt war. Die Bevölkerung lief zusammen, um mich in meinem Schmuck zu sehen, nämlich in dem großen schwarzen Ketten und in einem Paar kräftiger Handschellen. Alle wollten auf Marandjosef glotzen. Hier und dort steckte man mir sogar einige Pfennige zu."

Das Finstermünzer Register verzeichnet einen anonymen Verfasser, der berichtet, dass es an jenem Tag zu einem Tumult gekommen sei, weil die einen den Strolch am liebsten am Galgen gesehen hätten, indes ihn andere wiederum feierten. Erst die Berittenen hätten die Menge auseinandertreiben können. Eigens erwähnt wird auch, wie der freche, aus dem Gefängniskarren heraus grinsende Delinquent unterwegs wie zum Hohn auf Obrigkeit und Gendarmerie ein Spottlied geträllert habe, das immer dann zur Intonation gekommen sei, „wenn sich bei ihm Rückschläge häuften":

Er sang vergnügt, als sei er schon wieder auf der Walz und frei wie ein Vogel:

Ein Tiroler wollte jagen
Einen Gamsbock, silbergrau;
Doch es wollt ihm nicht gelingen,
Denn das Tierlein war ja viel zu schlau …

Unterwegs Richtung Fernstein seien verschiedentlich Münzen in Marandjosefs Karren geregnet, als er durch Städte und Dörfer geführt wurde. In Nassereith sei unter den Zuschauern ein junger Mann namens Johann Kasper Pröll gewesen, mit dem Mara in Tarrenz einst schwer verliebt, ja mit dem sie so gut wie verlobt gewesen sei, der ihn aber als Mann in Sträflingskluft und Ketten gar nicht wiedererkannt habe.

Laut den Finstermünzer Akten heißt es in den Aufzeichnungen Marandjosefs:

„Komm hierher, Johann!, rief ich, dann werden wir heiraten! Komm nur, es ist höchste Zeit, dass wir uns vereinen; du hast mir so oft an meinem Bett die ewige Treue geschworen und dass du zu mir stehen willst in guten wie in schlechten Zeiten. Setz jetzt nur deinen Fuß in die schwarzen Ketten und eine Hand in die Handschellen, so werden wir gemeinsam durchs Leben gehen. Aber Johann Kasper wurde nun gänzlich verzagt. Seine Nachbarn, die von der Verlobung wussten und in mir die Person erkannten, die damals im Haus seiner Eltern war, sagten: Geh hin und umarme deine Verlobte und nimm Abschied von ihr! Der arme Kerl wurde so verzweifelt, dass er mir ins Gesicht spuckte. Dem Volk gefiel das aber gar nicht, weshalb sie mit ihren Peitschen auf den armen Teufel einschlugen und ihn schließlich unter Gejohle mit Stöcken davontrieben."

Marandjosef aber erinnerte sich, dass sie sich oft am Frauenbrunnen nahe dem Weiler Stad getroffen hatten, wo spielende Kinder einst Erzlager entdeckt haben wollen und von einer Frauengestalt mit glänzenden Steinen beschenkt wurden. Dem Wasser des Frauenbrunnens wurde seit alters eine aphrodisierende Wirkung nachgesagt, weswegen er von Liebespaaren bevorzugt aufgesucht wurde.

Marandjosef hielt in seinen Papieren fest: „Auf dem weiteren Weg passierte nichts Merkwürdiges. Ich dachte wohl daran abzuhauen, aber das war unmöglich, denn einige Gendarmen waren immer um mich herum. Nach drei Tagen schließlich bekam ich den Fernsteiner Hungerturm zu sehen; ein kalter Schauder ging über mich bei dem Gedanken, dass dieser mein Grab war. Bei der Ankunft zogen sie mich vom Schinderkarren, legten mich auf eine Scheibtruhe und kutschierten mich hinauf zur Festung. Ich bildete mir ein, ich würde auf einer Sänfte getragen, was ich nie vorher ausprobiert hatte. Bei der Ankunft im Gefangenenhof traf ich auf einige bleiche Antlitze und eingefallene Backen, die viele Jahre hinter den Gittern der Festung geseufzt hatten. Nachdem wir zu essen bekommen hatten, erzählten sie mir ihre Abenteuer. Ein Teil von ihnen war schon 20 oder 30 Jahre dort, und sie erklärten, dass Schloss Fernstein ein Zauberberg sei, in den man hineinkommen konnte, aber nicht heraus. Sodann erging Befehl, mir die schweren Ketten abzunehmen und mich stattdessen in Leitfesseln mit mehr Freiheit der Bewegung zu legen. Jetzt musste ich sehen, wie es war, ein leeres und eisig kaltes Gewölbe zur Wohnung zu haben. Dort herrschte eine Art Gerechtigkeit. Wenn jemand aufmuckte oder ein Mithäftling einen verpfiff, wurde er zur ‚Krümmung' verurteilt. Der Delinquent wurde zusammengefaltet, und ein Stock wurde zwischen Knie und Genick geschoben, worauf er über dem Herd aufgehängt wurde."

***

Das alles geschah anno 1813, als bei Leipzig die Völkerschlacht geschlagen wurde und in Wien der Walzer als Gesellschaftstanz in Mode kam. In seinem Gefängnis träumte Marandjosef in klammen Nächten vom versunkenen Schloss auf der Insel im Fernsteinsee und den drei Jungfrauen, die in Eselsmilch badeten und ihre Haut mit weißem Brot trockneten, indes die Menschen in der Umgebung hungerten. Dieses Frevels wegen habe sich eines Nachts der Boden aufgetan und das Schloss mit in die Tiefe gerissen, wo es von einem Drachen bewacht werde. Ihm war, als träumte er einen Horizont weit hinter dem Horizont.

Nur einmal, zehn Jahre später, habe der Häftling, dessen Ruhm noch immer nicht verblasst war, einen Fluchtversuch unternommen, sei aber nicht weit gekommen und schon bald wieder aufgegriffen worden, um seine 20 Stockschläge entgegenzunehmen. Schließlich habe es auf Burg Fernstein nur noch die übliche Besatzung und ihn als einzigen Gefangenen gegeben. In den Finstermünzer Aufschreibungen lesen wir von Marandjosefs Hand:

„Man lehrte mich zu essen, was die Gefangenen Brühe oder Wasserbrei nannten. Später übte ich die Kunst der Essenszubereitung zuerst in der Küche des Wachtmeisters aus; Leckerbissen gab es dort nicht, aber das Essen wurde allmählich genießbar. Danach wurde ich Koch des Majors und bekam endlich genug zu essen. Zugleich war ich Festungshofmeister und kaufte alles ein, dessen es bedurfte, aber musste, schlimm genug, jede Nacht in meiner Zelle eingeschlossen werden."

Da Marandjosef gut kochen konnte, habe er deshalb von der Festungswache einige Hafterleichterungen bekommen. Entfliehen konnte er so wenig wie seine Wächter, und wenn der eisige Winterwind um die Mauern dieses Bollwerks tobte, waren die Bedingungen sowohl für die Mannschaft als auch für ihren Gefangenen bei einem gemeinsamen Mahl noch am ehesten zu ertragen. Zeit freilich, um seine Abenteuer niederzuschreiben, hatte Marandjosef genug.

Die letzten fünfzehn Jahre auf Burg Fernstein war er dem Haushalt des Kommandanten vorgestanden. Ein gewisser Hauptmann Ladiner berichtete, Marandjosef sei „ein schlanker Kerl mit lebhaftem und listigem Aussehen, zugänglich und gesprächig gewesen. Anstatt hinter Schloss und Riegel verwahrt zu werden, war er selbst Inhaber eines riesigen Schlüsselbunds." Doch immerhin war Marandjosefs Ruf aus der Festung heraus ins ganze Land Außerfern sowie in die großen und kleinen Städte gedrungen.

Eines Tages habe es dem launischen, mit Tobsuchtsanfällen gegen seine Bediensteten nicht geizenden Kaiser Ferdinand dem Gütigen gefallen, weil er in Wien wieder einmal Höllenqualen unter der Bevormundung des Fürsten Metternich litt, das weit abgelegene Land Tirol sowie dessen Burgen und Schlösser zu inspizieren. Auf der Festung Fernstein, die er ebenfalls in Augenschein genommen habe, sei er so köstlich und reichhaltig bewirtet worden, dass er sich erstaunt erkundigt habe, warum es in einer nahezu verlassenen Festung ein so vorzügliches Essen gebe. Für gewöhnlich sei der Gefängnisfraß doch kaum auszuhalten. Da habe ihm der Festungskommandant erklärt, dies rühre vom einzigen

Gefangen her, der nicht nur als Dieb berühmt geworden sei, sondern auch vorzüglich kochen könne, wie Majestät höchstselbst soeben bestätigt habe. Der Kaiser ließ den Häftling holen, hörte sich seine Geschichte an und war von ihr derart gerührt, dass er den Marandjosef Gumper (oder Gamper?) auf der Stelle begnadigte und einmal mehr seinen Beinamen *der Gütige* bestätigte.

Als Josef saß der Dieb im Kerker, als Köchin Mara wurde er begnadigt. Anno Domini 1839 habe Marandjosef mit dem mehrfach gesiegelten Brief des Kaisers in der Tasche vor das Tor hinaustreten, die kalte, aber gesunde Außerferner Bergluft atmen und in die Freiheit blinzeln können, wie in den Finstermünzer Archivalien wortreich ausgeführt wird.

Der Anonymus, der in Finstermünz sein Wissen niederschrieb, bemerkte zu Marandjosefs Entlassung: „Ganz anders ist es fürderhin auf der Festung zugegangen! Der alte Kommandant war am Morgen nach Marandjosefs Abgang aufgewacht und erwartete, dass sein Hofmeister mit Kaffee kommen würde; er lag da und gähnte, aber keiner kam. Er rief und bekam keine Antwort. Wo ist dieser Hundedieb Marandjosef?, schrie er. Niemand hatte ihn je mehr gesehen. Man stöberte überall, aber vergeblich – er blieb verschwunden."

Doch das war nicht die ganze Wahrheit, denn Marandjosef notierte: „Meine feinen Manieren als freie Person waren wenn schon nicht vergessen, so doch im Kerker nach und nach eingerostet. Außerdem war ich dunkler geworden und hatte einen schwarzen

Stoppelbart, sodass die Leute bald sagten, ich gleiche einem schlechten Gauner, der ab dem Karren gefallen sei."

Bald nach seiner Begnadigung sei Marandjosef, wie geschrieben steht, mit seinem Bündel über den Fernpass Richtung Norden gezogen. Er war jetzt eine Berühmtheit und musste nicht einmal für seine Übernachtung bezahlen. Der Weg führte ihn vorbei am Silberbergwerk nach Biberwier, dem Ort, der über Jahrhunderte hin von der Arbeit der Bergleute an der Silberleithe geprägt war. Von allen Bergbaugebieten des Außerfern waren die Gruben an der Silberleithe bei Biberwier mit ihren Vorkommen an silberhaltigem Bleierz und Zinkerz die ertragreichsten, sieht man einmal vom Schwazer Silberberg im Inntal ab. Hirtenbuben hatten einst auf der Suche nach verstiegenen Ziegen während des Zunachtens grünlich schimmernde Flämmchen bemerkt, die ständig ihren Standort wechselten und bald hier, bald dort aufglommen. Anderentags entdeckten sie glänzende Steine, die von den Geißen möglicherweise losgetreten worden waren, und stießen so auf die Ausbisse, wie man die Stellen nannte, an denen die Erzlager an die Oberfläche getreten waren. Es wurde vermutet, dass bei der Verwitterung der Erze sich frei gewordenes Gas selbst entzündet und mit grünlich leuchtenden kleinen Flammen auf sich aufmerksam gemacht hatte.

Da Marandjosef jedoch, nach langjährig verbüßter Haftstrafe, zur Vernunft gekommen und allem falschen Tun und lockendem Glanz abgeschworen hatte, konnte er diesmal dem verführerischen Reiz der Silberleithe widerstehen, dem er schon einmal erlegen war, und weiter seiner Wege ziehen, auf denen er lediglich von Wirtshaus zu Wirtshaus seine eigene Geschichte zu versilbern verstand.

***

In seinen letzten Jahren hauste Josef Gumper (oder Gamper?), weithin bekannt als Marandjosef, außerhalb von Reutte. Hier und da tourte er durch das Inn- oder Lechtal, mietete sich in Gasthöfen und Bauernhöfen ein, wickelte sich noch einmal in Frauenkleider, band sich ein Kopftuch um und spielte seine Geschichten vor. Davon gibt es einige verlässliche Zeugnisse.

Eine alte Frau sagte einmal zu einem durchreisenden Rompilger, wie dieser hinauf ins Norddeutsche schrieb: „Wenn dieser gewisse Marandjosef kam, war es, als komme der Kaiser persönlich zu Besuch." In Innsbruck schrieb eine junge feine Dame mit Namen Anna Louise Forsellin am 21. April 1840 mit gut lesbarer Schrift in ihr Tagebuch: „Dieser Nachmittag war merkwürdig. Wir machten die Bekanntschaft einer Person, die im ganzen Land bekannt ist. Es war der berühmte Marandjosef, oder, wie wir ihn nannten, Herr Gumper. Er hielt sich rund eine Stunde im Salon auf. Seine Gespräche über seine Abenteuer waren interessant, er sprach verständig und offenherzig über sein früheres Leben, ich habe mich gewundert, aber die 25 Jahre, die er in der Festung Fernstein verbracht hat, scheinen seinen Schelmcharakter versöhnt zu haben. Böse soll er nie gewesen sein, aber den

Namen eines Abenteurers trägt er nicht ohne Grund. Besonders sein Leben als Frauenzimmer ist merkwürdig, sechs Jahre hintereinander soll er so verkleidet gewesen sein und seine Frauenzimmerarbeiten vortrefflich ausgeführt haben. Glaubt mir, sagte er, ich war kein hässliches Mädchen, schönes blondes Haar hatte ich und Zähne so weiß, dass viele hundert Reichstaler dafür gegeben hätten. Die Zähne waren immer noch weiß, aber er war hässlich und staubig, denn er war schlimm gestürzt. Sein Haar war während der langen, ja besten Zeit seines Lebens, in der er der Freiheit beraubt gewesen war, grau geworden. Nase und Augen waren schön, aber die Gesichtsfarbe rotfleckig, vermutlich vom Wetter. 53 war er jetzt und 27, als er auf die Festung kam. Er sucht nun um das Erbe einer Schwester an, die in Frankreich verheiratet war – ach, ach, was habe ich viel über Marandjosef geschrieben. Ich glaube, sein Besuch wird legendär in unserer Séjour. Abends machten wir einen Spaziergang ins Dorf und trafen dort erneut Herrn Josef, der gesprächig und recht munter war."

Er selbst aber notierte: „Nun habe ich mich zur Ruhe gesetzt und bin beständig und ordentlich geworden. Auch beginne ich, langsam zu alt zu werden für Eskapaden. Überdies habe ich längst vergessen, wie man stiehlt, so wenn mein Glück kommt, dass ich endlich doch noch einmal in die Welt komme, Schränke, Kisten, Truhen und Schatullen von mir nahezu in Frieden gelassen würden. Nur Weiberröcke muss ich mir von Zeit zu Zeit noch überziehen."

DRITTER TEIL

Da er nicht in seine Geburtsstadt Vils oder auf die zur Ruine gewordene Burg Vilsegg zurückkehren wollte, beschloss Marandjosef, sich als Einsiedel in der Klause von Ehrenberg niederzulassen und gottgefällig auf sein Ende zu warten. Die Ehrenberger Klause am Katzenberg wurde erstmals 1317 urkundlich und befand sich neben einer Zoll- und Poststation nebst obligatem Wirtshaus. Anfang des 17. Jahrhunderts verstärkte man die Klause auf der Nordseite durch zwei vorspringende Bastionen italienischer Art. Nach 1618 kamen noch weitere Vorwerke hinzu, im 18. Jahrhundert errichtete man zusätzlich eine zweistöckige Kaserne. Nach der Auflassung der Festung im Jahr 1782 wurden die Gebäude teilweise ausgeschlachtet.

Die Burg Ehrenberg ist heute die Ruine einer Höhenburg südlich von Reutte im Außerfern in Tirol. Sie gilt als eines der bedeutendsten Festungsensembles Mitteleuropas. Überragt wird die Burg von der barocken Festung Schlosskopf, unterhalb sperrt die Ehrenberger Klause das Tal. Östlich der Bundesstraße vervollständigt das Fort Claudia das Befestigungssystem, benannt nach Claudia von Medici, die als Witwe des Erzherzogs Leopold V. ab 1639 das Fort auf dem Falkenberg errichten ließ. Früher galt das Burgenensemble als uneinnehmbar und war wichtigste Zollstation zwischen der nördlichen und südlichen Handelsroute.

Marandjosef saß bei gutem Wetter auf einem flachen Stein vor der Klause, von dem es hieß, dort habe schon der heilige Magnus gerastet und dabei seinen Gesäßabdruck hinterlassen, jener Sohn eines Schottenkönigs, der auch das Außerfern missioniert habe und deshalb zu den Vierzehn Nothelfern zähle. Die Vertiefung im Stein, von dem eine eigenartige Heilkraft ausgehe, kann man bis auf den heutigen Tag sehen. Das *Mangsessele*, wie man ihn auch nennt, habe dem Einsiedel einen herrlichen Blick in das Reuttener Tal geboten. Dem alten Mann zur Seite habe man oft einen Hund gesehen, dem er seine besten Bröckchen hingeworfen habe, um den in Burg Ehrenberg verborgenen Schatz zu bewachen, der – angeblich – aus nichts anderem bestanden habe als aus dem über all die Jahre angesammelten Diebesgut, das Marandjosef auf seinen zahlreichen Beutezügen zusammengestohlen habe. Den Zugang zum Versteck könne man nur über eine schmale Felsspalte erreichen, durch die kein Mensch passe, wohl aber ausschließlich der Klausenhund. Von dem Tier selbst ging die Sage, es habe sich bei ihm um die verdammte Seele eines Verräters gehandelt, der den Zugang zur Burg an die Schweden preisgegeben habe und deshalb mitschuldig geworden sei an dem Blutbad, das der Feind angerichtet habe. Zur Strafe müsse der Verräter seit seinem Tod in den Nächten, in denen sich sein Verbrechen jähre, als Geisterhund vor der Ehrenberger Klause wachen.

Die Bevölkerung, welcher der Eremit hin und wieder seine alten Geschichten aufzutischen verstand, versorgte den Einsiedel mit dem Nötigsten, sodass er nicht Hunger leiden musste. Durchreisende, die von Italien kommend nach Norden zogen oder umgekehrt aus dem Norden Richtung Brixen und Verona, ließen sich gerne gegen klingende Münze seine Anekdoten aus seinem Diebsleben erzählen und blieben oft ein paar Tage länger als gewohnt, weil sie fasziniert waren von dem, was der Gauner, der bei guter Bezahlung sogar seine Mönchskutte gegen Frauenkleidung tauschte, an Schnurren auftischte.

In Reutte und Umgebung erzählten sich die Leute gerne die Sage von der verwunschenen Jungfrau von Ehrenberg, die sich um Mitternacht immer wieder auf der Burgmauer gezeigt habe. Am Hoargenstein, einem Felskopf zwischen der Burg Ehrenberg und der Stadt Reutte, soll sie in einer Höhle gehaust, langes wallendes Haar gehabt und härene Gewänder getragen haben, die im Nachtwind wehten. Wenn das Wetter umschlug und im Winter mit Schnee, im Sommer aber mit Gewitter zu rechnen war, habe die Jungfrau ein langes Seil von Burgmauer zu Burgmauer gespannt und weiße Tücher daran aufgehängt, sodass man es weithin im Tal habe sehen können. Dann habe es geheißen, das Fräulein hänge wieder seine Wäsche auf und sei auf der Ausschau nach einem Bräutigam. Des Abends habe man sie bisweilen in den halb verfallenen Gewölben und Mauern spazieren gehen sehen, stets schwarz gekleidet und das Haupt mit einer Kapuze verhüllt. Niemand habe sie ansprechen dürfen, sonst habe man mit einem bösen Fluch rechnen müssen. Man erzählte sich hinter vorgehaltener Hand auch, die Schlossfrau sei oft nur spärlich bekleidet bei Sonnenuntergang auf der Mauer gestanden und habe sehnsüchtig nach Süden Richtung Italien geschaut. Andere wollen sie mit einer Schatulle wartend am Schlosstor stehen gesehen haben. Einig war man sich jedoch darin, dass die Jungfrau den Schatz von Burg Ehrenberg bewachte, den bis heute niemand gefunden habe.

Die Wahrheit ist, dass die verwunschene Jungfrau niemand anderer war als der Eremit, der seine Breviergänge auf der Schlossmauer absolvierte, bisweilen am Tor bettelte und selbstverständlich auch seine Wäsche im Wind zum Trocknen aufhängte. Die schwarze Kleidung war nichts anderes als seine Kutte mit der Kapuze, das wallende Haar war dem hohen Alter des Eremiten geschuldet, der es nicht habe lassen können, hin und wieder seiner niemals gänzlich verschütteten Neigung zu folgen, in Frauenkleider zu schlüpfen und mit den Außerfernern seinen Schabernack zu treiben.

Als Marandjosef spürte, dass ihm das Alter täglich mehr zusetzte und sein Körper nicht mehr das leistete, was er noch gestern von ihm verlangen konnte, entschloss er sich, die von den seligen Erben des Grafen Meinhard zu Ehrenberg großzügig ausgeschriebene Stelle des *Schmuckeremiten* der Ehrenberger Klause oberhalb von Reutte zu übernehmen.

Ein Schmuckeremit?

Erfunden wurde der ehrenwerte Beruf des Schmuck- oder Ziereremiten im England des 18. Jahrhunderts. Das waren Einsiedler, deren Tätigkeit und Dauer der Anstellung vertraglich geregelt waren. Die reichen Landadeligen, die sich einen Schmuckeremiten (*ornamental hermit*) hielten, wiesen diesem eine eigens eingerichtete Eremitage an und verpflichteten ihn, sich zu bestimmten Tageszeiten bei den Besuchern des Parks sehen zu lassen, um die Herrschaft und ihre Gäste mit seinem Anblick zu unterhalten. Die Bezahlung war in der Regel nicht zu knapp, jedoch galt es, unverzichtbare Requisiten ständig zur Hand zu haben, als da waren eine Bibel, ein Strohsack als Kissen, ein Stundenglas als Zeitmesser, einige Folianten, ein wollenes Gewand und ein Totenschädel. Der Schmuckeremit durfte sich unter gar keinen Umständen die Haare, den Bart und die Nägel schneiden, nicht jenseits der Grenzen des Besitzes umherstreunen oder auch nur ein Wort mit der Dienerschaft wechseln. Als wesentliche Inspirationsquelle diente den englischen Landadeligen, die solche Schmuckeremitagen zu vergeben hatten, das Gedicht *Der Nachdenkliche* von John Milton, worin ein Waldgänger seine Tage mit einsamen Studien verbringt und die abschließenden Worte spricht: *Und möge zuletzt mein müdes Alter die friedvolle Einsiedelei finden …*

***

So wird es wohl auch Marandjosef ergangen sein, und diese Worte hätten von ihm kommen können. Man kann sich lebhaft vorstellen, dass Marandjosef seine Geschichten mit einigem Erfolg seinen Zuhörern im windumtosten Hof der Festung Ehrenberg erzählt hat. Aber er hat damit durchaus über sein Publikum hinaus gewirkt, das später aus Sommerfrischlern, spleenigen Engländern und Wanderern bestanden haben mag.

In seinen einsamen Stunden jedoch beugte sich der Schmuckeremit über das einzige Buch, das er besaß: die Bibel. Er suchte darin nicht nach Trost, sondern nach Dieben. Eines Tages stieß er schließlich auf die Geschichte von Rachel, der Tochter Labans. Um sie zur Frau zu bekommen, musste der listenreiche Jakob, der sich seine Privilegien durch Betrügereien an seinem Zwillingsbruder Esau erworben hatte, sieben Jahre bei seinem Onkel arbeiten. Doch der Onkel betrog den Betrüger Jakob und schob ihm in der Hochzeitsnacht Rachels ältere Schwester Lea unter. Rachel wurde Jakob erst nach der Hochzeitswoche mit Lea zur Zweitfrau gegeben: gegen weitere sieben Dienstjahre, die Jakob bei Laban zu verbringen hatte. Die von Jakob weniger geliebte Lea brachte vier Söhne zur Welt, während Rachel unfruchtbar blieb, bis sie ihm endlich Josef und zuletzt Benjamin gebar. Ehe Jakob mit der gesamten Familie in seine Heimat aufbrach, während sich Laban gerade auf Schafschur befand, stahl Rachel den Hausgott ihres Vaters. Warum sie das tat, verriet ihm die Bibel nicht.

Marandjosef gab sich damit zufrieden, eine Diebin in der Heiligen Schrift gefunden zu haben, der es nicht auf den materiellen Wert der Beute angekommen war. Noch mehr freute ihn aber, dass auch Rachels Söhne wie Gauner handelten. Natürlich wusste Josef, dass er der Sohn eines Betrügers und einer Diebin war. Er, der Liebling seines Vaters, wurde von seinen neidigen Halbbrüdern in eine Zisterne geworfen und an Sklavenhändler nach Ägypten verkauft, wo er als Traumdeuter in die höchsten Kreise aufstieg. Als später seine Halbbrüder nach Ägypten kamen, um Getreide zu kaufen, weil zu Hause eine Hungersnot herrschte, gab sich ihnen Josef nicht zu erkennen und verdächtigte sie der Spionage. Zuletzt legte er dem ahnungslosen Benjamin, seinem wahren Bruder, seinen Silberbecher in den Sack und ließ die Brüder sogleich verfolgen: *Als sie aber zur Stadt hinaus waren und noch nicht weit gekommen, sprach Josef zu seinem Haushalter: Auf, jage den Männern nach und wenn du sie ereilst, so sprich zu ihnen: Warum habt ihr Gutes mit Bösem vergolten? Warum habt ihr den silbernen Becher gestohlen? Ist das nicht der, aus dem mein Herr trinkt und aus dem er wahrsagt?* Die Brüder aber verleugneten Benjamin nicht, sondern hielten zu ihm. Sie traten für ihn ein, worauf sich ihnen Josef zu erkennen gab. *Und seine Brüder konnten ihm nicht antworten, so erschraken sie vor seinem Angesicht.*

Lange rätselte Marandjosef über diese Bibelstelle, er las sie wieder und wieder, bis er herausfand, dass es offenkundig wiederum nicht um den materiellen Wert des Bechers gegangen war, sondern vielmehr um dessen symbolische Bedeutung. Es war nämlich jener Becher, aus dem heraus Josef Träume deuten konnte. Das war für Marandjosef eine bedeutungsvolle Erkenntnis: Hatte der Glanz des gestohlenen Edelmetalls nicht auch ihm zu kühnen Träumen verholfen? War nicht auch er oft genug der Welt entrückt gewesen, wenn er eine wertvolle Uhr, eine goldene Kette oder ein Silberstück in Händen gehalten hatte? Über eine weitere Stelle grübelte er, als er von der Berufung des Moses las, wie Gott selbst Moses den Auftrag gab, nicht leer aus Ägypten auszuziehen, sondern jede Frau solle sich von ihrer Nachbarin silberne und goldene Gefäße und Kleider geben lassen: *Die sollt ihr euren Söhnen und Töchtern mitgeben und den Ägyptern wegnehmen.* Da stand ausdrücklich: wegnehmen! Selbst König David schien ein Dieb zu sein, als er ungestraft ein Stück von Sauls Mantel an sich nahm, um ihm zu zeigen, dass er ihn leicht hätte töten können. Hat am Ende Eva den Apfel vom Baum der Erkenntnis gestohlen, wie Augustinus die Birnen und Prometheus das Feuer?

Marandjosef sah sich von lauter Dieben umstellt. Deshalb gab er die Suche nach seinesgleichen in der Bibel erst auf, als er auf die beiden Schächer stieß, die mit Christus gekreuzigt wurden. Trotzdem zog er seine eigenen Schlüsse aus der Lektüre: Von nun an musste er sich mit seinem Namen nicht länger von dem redlichen Zimmermann Josef von Nazareth herleiten, diesem biederen, immer ein wenig farblosen Bräutigam Marias, sondern er sah sich jetzt in einer Reihe mit biblischen Dieben und Gaunern von alttestamentarischer Größe, die dennoch Gnade vor dem Herrn gefunden hatten.

CODA

Im privaten Kreis von gleichfalls emeritierten Kollegen habe ich hin und wieder den einzigartigen Kasus von Marandjosef diskutiert. Während die einen Marandjosefs Ausführungen für authentisch hielten, erwogen andere, ob es sich nicht doch um Fiktion handle. Alle waren wir uns jedoch einig darin, dass dieser Mann zweifellos einen guten Humor, Fintenreichtum, Selbstsicherheit und etwas vom Quecksilber des Skurrilen in der Seele gehabt haben muss. Er freute sich seiner Schelmereien, weswegen sein Gewissen offenkundig gänzlich unbelastet blieb. Ein Kollege verstieg sich gar zu der These, er sei „von der Art eines Aladin“ gewesen. Mein Freund dagegen, der Innsbrucker Buchhändler Leander Gscheidt, machte mich darauf aufmerksam, dass Räuberromane und Autobiografien von Verbrechern zu allen Zeiten eine höchst populäre Lektüre gewesen seien. Man habe da nicht erst groß zwischen Dichtung und Wahrheit unterschieden, wie zahlreiche Aufstellungen verschiedener Buchkataloge aus der Zeit um 1800 bezeugten.

Zweifelsfrei feststehen dürfte jedoch, dass Marandjosef nach Kräften selbst in die Entstehung seiner

Legende involviert gewesen war, wie aus entdeckten Finstermünzer Archivalien deutlich hervorgehe, die von seiner Hand, aber auch von anderen geschrieben worden sind. Personen- und Namensangaben halten jeder Überprüfung stand. Desgleichen auch geografische oder zeitgeschichtliche Angaben. Wenn Marandjosef vor den Schranken des Gerichts gestanden sei, fand Leander Gscheidt heraus, so habe er seiner Ansicht zufolge keine Aussage im juristischen Sinne abgelegt, sondern ausschließlich unterhalten, ausschmücken und die Grenzen des bürgerlichen Anstands ausreizen wollen. Literaturgeschichtlich betrachtet seien seine unvollendet gebliebenen Schriften deshalb eher dem Schelmenroman als einer Autobiografie verwandt.

Indem Leander Gscheidt sein Glas *Schreckbichl* auf das Wohl des Tiroler Diebes hob, fügte er in ernstem Ton hinzu: „Auffällig ist lediglich, dass weder in den Gerichtsakten noch in anderen Protokollen, Briefen und Dokumenten von Marandjosefs abweichender sexueller Orientierung die Rede ist, weswegen ein Blick auf entsprechende Paragraphen in den Gesetzbüchern ebenso überflüssig ist wie die Suche nach psychopathologischen Diagnosen. Ahnt überhaupt heute noch jemand, mit welcher Mischung aus Schrecken und Freude die Tiroler zu Zeiten des französisch-bayerischen Jochs einmal Marandjosefs Abenteuer als Schelm in Frauenkleidern gefolgt sind? Dieser Mann hat wirkliche Freude in finsterer Tiroler Zeit verbreitet. Freiheit bleibt eben, wie schon das Beispiel des Andreas Hofer gezeigt hat, der Abstand zwischen Jäger und Gejagtem."

Damit der Leser der Lebensgeschichte des Diebes von Tirol aber nicht auf die Idee kommt, die anfänglich erwähnte Suche nach dem in Menschenhaut gebundenen Buch sei ein blindes Motiv gewesen, muss hier noch Folgendes nachgetragen werden:

Wieder kam der entscheidende Hinweis von meinem Freund Leander, der aufgrund seiner Sammlung von Büchern, die keiner drucken oder lesen wollte, über erstaunliche Kontakte verfügte und in Tirol Ritter, Tod und Teufel zu kennen schien. Er wisse da, sagte er mir eines Abends, als wir wie gewohnt im Innsbrucker *Café Central* beim Wein saßen, über das Luzerner Hautbuch spekulierten und unser Zwiegespräch pflegten, um fünf Ecken herum von einem Varieté-Künstler, einem gewissen Anastasius Bronoth, Insasse im *Kaiser-Franz-Josef-Jubiläums-Greisenasyl* zu Innsbruck. Ihn solle ich aufsuchen, um möglicherweise ein paar Auskünfte über den eingangs erwähnten Tierpräparator gleichen Namens zu erhalten. Bereits anderentags machte ich mich auf den Weg ins *Greisenasyl.*

Dieser Varieté-Künstler Anastasius Bronoth, geboren angeblich im letzten Jahrhundert in Lemberg, war mit seinen 95 Jahren noch immer ein drahtiger, vornehm wirkender Herr mit besten Manieren und mit geschmeidigen Bewegungen: trotz seines fortgeschrittenen Alters. Er kleidete sich, ganz extravaganter Künstler, wie ein englischer Lord und trug trotz des gut temperierten Zimmers, in dem wir saßen, diesen typischen Hut mit den hochgebundenen Ohrenklappen, genannt *Deerstalker.* Zu seiner großen Zeit sei er unter dem Namen

Professor Higgins bekannt gewesen, ließ mich der Greis wissen. Professor Higgins, Maestro ventriloquoso. Also Bauchredner. Er lebe jetzt schon viele Jahre im Altersheim, aber er sei, wie er betonte, sogar in Singapur in der Bar des *Raffles Hotel* aufgetreten. Er zitierte Rudyard Kipling, der einmal geschrieben habe: „Das *Raffles* ist ein Ort mit exzellentem Essen und miserablen Zimmern." Es könne aber auch Somerset Maugham gewesen sein, der das gesagt haben soll. Beide waren wir uns sofort einig darin, dass es weltweit kein besseres Hotel gab als das *Raffles*. Eingangs unseres Gespräches fragte ich ihn, ob ihm vielleicht der Name Konrad Bronoth etwas sage.

Wer soll das sein? Ein Tierpräparator, einer der Füchse und Vögel ausstopft? Nie gehört?

Der alte Mann zuckte mit den Schultern, er konnte sich nicht erinnern. Schade, denn ich musste zugeben, dass ich doch ein wenig Hoffnung hatte, er könne mir etwas über diesen rätselhaften Namensvetter erzählen. Fehlanzeige. Ich hatte eine Flasche Wein mitgebracht, die ich öffnete, und Higgins holte zwei Gläser aus einer Vitrine. Ich schenkte ein und ließ den alten Bauchredner aus seinem Leben erzählen.

Wir kamen auf das Thema Einsamkeit. Higgins versicherte mir, als Bauchredner sei er nie alleine gewesen. Immer habe er die Puppe als Partner an seiner Seite gewusst. Dieser Partner habe alles sein können: Tier oder Mensch, alt oder jung, Intelligenzbestie oder Einfaltspinsel. Das Publikum starre niemals auf den Bauchredner, sondern immer auf die Puppe. Das sei ihre Aufgabe. Eine andere Funktion habe sie nicht. Dennoch sei sie eine eigene Persönlichkeit und weit mehr als nur Knopfaugen und Schlappohren. Higgins Puppe stammte aus der Werkstatt der Puppenmacherin Leopoldina, einer Tirolerin, die einst als Schwabenkind ins Innerferner Land gekommen war. Mufti sei ihre letzte Puppe gewesen, kurz nach Vollendung dieses Meisterwerks sei sie inmitten bunter Stoffreste, Holzwolle und allerhand Krimskrams tot in ihrer Nähstube aufgefunden worden. Warum Mufti? Weil Mufti nach islamischer Vorstellung ein Rechtsgelehrter sei. Zuhause war er in einem mit rotem Samt ausgelegten Köfferchen. Über das Revisionstürchen auf der Rückseite, gut versteckt unter der Perücke, hatte der Bauchredner Zugriff auf den Mechanismus im Inneren der Puppe. Im Leib steckte der Steuerknüppel mit den Hebeln zur Bedienung des Kopfes, der Hände, der Augen und vor allem des Mundes. Der Bauchredner musste seine Puppe jede Sekunde im Griff haben. Manche setzten sie sich auf das Knie oder ließen sie aus einer Einkaufstüte heraus quasseln. Die gelungene Vorführung lebte von der Illusion, die Puppe sei „echt“. Kinder mochten es überhaupt nicht, wenn die Puppe am Ende des Auftritts vor ihren Augen in einem Koffer verschwinden musste. Gefühle zu zeigen, war alles. Neugier, Überraschung, Gleichgültigkeit, Weinen, Lachen oder Scham – ohne Gefühle würde die Puppe keiner beachten. Man dürfe die Leute nicht spüren lassen, dass man sie eigentlich verachte und nur für sich selbst spiele. Solange man mit geheuchelter

Treuherzigkeit den Erwartungen der zahlenden Gäste entspreche, könne man das Publikum nach Strich und Faden belügen, und keiner merke etwas. Am Ende wollten die Leute betrogen werden. Das Verhältnis von Illusion und Enttäuschung sei immer der Dreh- und Angelpunkt seines Programms gewesen. Peinlich sei es immer nur dann gewesen, wenn er bei der Polizei seinen Beruf angeben musste. *Ventriloquist* verstehe natürlich kein Mensch, und bei Bauchredner schmunzelten sogar Zollbeamte. Einmal habe er eine Nummer daraus gemacht und Mufti die amtliche Bezeichnung buchstabieren lassen: V wie vergeblich, E wie Enttäuschung, N wie Nomade, T wie Trauer, R wie ruhelos, I wie Individualist, L wie Leidenschaft, O wie ohnmächtig, Q wie Querulant, U wie unsinnig, I wie Isolation, S wie Sehnsucht, T wie Totentanz. Damit hast du das gesamte Repertoire, sagte Higgins. Schon bald habe er die Nummer wieder aus dem Programm genommen, denn sie habe nichts Erheiterndes gehabt. Das Publikum wolle sich amüsieren, nicht nachdenken. Also habe er weiterhin den Pausenclown gegeben. Das habe den Herrschaften gefallen. Bauchredner seien Verdauungskünstler. Alles schlängen sie in sich hinein, käuten es wieder und spuckten aus, was in ihnen gäre, würge oder sonst wie schwer verdaulich sei. Bauchredner lebten vom Ge- und Versalzenen, von allem, was schwer im Magen liegen bleibe oder über die Leber laufe. Bauchredner seien unersättlich. Ein Bauchredner sage, was ihm aufstoße, denn wem der Bauch voll sei, dem laufe der Mund über.

Mufti hat mir eines Tages klargemacht, dass die Henne das Mittel ist, dessen sich das Ei bedient, um ein anderes Ei zu erzeugen. Deshalb sei ein Bauchredner mehr als nur der raunende Beschwörer des Imperfekts, er sei ein Gedächtniskünstler, der davon ausgehe, dass nur die Nacherzählung als Neuschöpfung eine Chance habe, ein Original zu werden – gemäß dem alten Sagenhelden, der den Adler nur mit jenem Pfeil erlege, der aus dessen Schwinge gefertigt wurde. Die Herkunft der Materialien sei für einen Bauchredner weit weniger von Bedeutung als der Gebrauch, den er davon mache. Bauchredner beklauten sich gegenseitig ständig, einer kupfere vom anderen ab, das sei ganz normal in diesem Gewerbe. Keiner würde das öffentlich zugeben, aber jeder tue es. Einer profitiere von den Gags des anderen, übernehme sie, passe sie seinem Programm an, frei nach der Stele des Hammurabi, wo geschrieben stehe: *Es ist alles schon gesagt.* Der Papagei ist unser Wappentier. Wenn Bach Vivaldis Konzerte für Streicher bearbeitete und für die Orgel umschrieb, so sei das für ihn nichts Zweitrangiges gewesen, sondern Dienst an einem Werk, das er seinem Publikum unbedingt mit seinen Mitteln habe näherbringen wollen. Das sei von Anfang an so gewesen und habe bereits für die ersten Bauchredner gegolten, die vermutlich aus Indien gekommen waren, bei den Ägyptern ihren Ruf gefestigt hatten und als Orakel von Delphi unsterblich geworden sind.

Die Flasche Wein auf dem Tisch vor uns war fast leer. Ein Blick auf meine Uhr bestätigte mir, dass es Abend geworden war. Die Zunge des Bauchredners wurde langsam schwer, und ich merkte, dass er erschöpft war. Schließlich war er ein alter Mann, der viele Jahre mit seiner Puppe um die ganze Welt getourt und aufgetreten war. Er hatte seine Kunst derart perfektioniert, dass er ein Steak verschlingen konnte, während seine Puppe mit der Kellnerin schäkerte. Seinen allerletzten Auftritt hatte er in Paris, wo er in einem über drei Stunden dauernden Programm noch einmal alle Register seines Könnens zog, rauchte und trank, während Mufti quasselte und flirtete, er gurgelte mit Champagner, verzauberte und desillusionierte das Publikum auf nie dagewesene Weise und stieß zuletzt einen durchdringenden Schrei aus, bis dann der Vorhang fiel. Der Applaus war frenetisch, doch Higgins zeigte sich nicht mehr, sondern reiste Hals über Kopf ab nach Tirol.

Ehe er den letzten Schluck Rotwein aus seinem Glas trank, versicherte mir der Bauchredner, von da an sei sein Blick nur noch zurückgegangen. Er habe endlich eingesehen, ohne Mufti nicht einmal ein Niemand zu sein. Mufti könne seine Klappe nicht halten. Dieser lächerliche Zwerg mit seinem gestärkten Hemd, dem Frack und der Fliege. Die Lackschuhe nicht zu vergessen. Natürlich alles maßgefertigt. Mufti und sein mit rotem Samt ausgelegtes Etui. Mufti – auf dem Plakat immer ganz oben! Mein Seelenarzt, mein Beichtvater, mein Mülleimer. Das einzige Wesen auf der Welt, mit dem er alles besprechen könne. Sie hätten keine Geheimnisse voreinander. Sie seien mehr als ein Ehepaar. Mittlerweile wisse er schon nicht mehr, wer gerade spreche: Er oder Mufti? Vielleicht habe Mufti längst seine Stimme übernommen, und er sei seine Puppe, sein Medium. Ach was, seine ganze Existenz sei nichts als ein lächerlicher Mumpitz.

Plötzlich schien der alte Mann hellwach und schaute mich durchdringend an: Konrad Bronoth? Erwähntest du nicht eingangs unseres Gespräches einen gewissen Konrad Bronoth? Da fällt mir etwas ein.

Ich glaubte meinen Ohren nicht zu trauen. Sollte sich der Greis wirklich erinnern?

Mein Urgroßonkel hieß Konrad. Er war ein Exulant aus dem Zillertal, vertrieben wegen seines Glaubens, lernte sein Handwerk in Riga und Reval, zog später zurück ins Außerfern und stopfte alle möglichen Tiere aus.

Mit diesen Worten öffnete er einen versteckten Reißverschluss im Bauch seiner Puppe und zauberte ein kleines Büchlein hervor, nicht größer als eine Zigarettenschachtel, und überreichte mir den eigenartigen Gegenstand. Das Büchlein enthielt nur wenige Seiten, und ich erkannte sofort, indem es mich wie ein Blitz durchfuhr, dass es in Menschenhaut gebunden war.

Während ich noch staunte und meine Verwunderung gar nicht fassen konnte, war der alte Mann eingeschlafen. Ich bettete ihn auf sein Sofa und deckte ihn mit einer Wolldecke zu. Dabei musste ich lächeln, denn man kann von alten Menschen lernen, dass es nur wenig bedarf, um die Zeit für einen Augenblick anzuhalten.

Die Suche nach dem möglichen Verfasser des Hautbuches, auf dessen Anzeige ich in einem Katalog des Luzerner Antiquariats Kränzlin gestoßen war, hatte sich auf wundersame Weise erledigt. Auch die Frage, ob es sich um das Luzerner Hautbuch handelte, war bedeutungslos geworden.

Plötzlich konnte ich mir lebhaft vorstellen, wie Marandjosef seinen letzten Freund Konrad Bronoth, den Zillertaler Exulanten, Plastinator und Tierpräparator, der als letzter Tiroler Zugang zum verborgenen Herzen eines Diebes aus Berufung gefunden hatte, eines Abends im eiskalten Dezember anno 18... das Versprechen abnahm, seine hundertfach zum Besten gegebenen, mittlerweile sogar gerichtsnotorisch gewordenen Erinnerungen, Schnurren und Anekdoten aus seinem kreuzqueren Leben in die Haut ihres Verfassers zu binden. Damit der gute Freund aber nicht am Ende glaube, es handle sich um einen makabren Scherz, der dem übertriebenen Genuss von Schnaps und damit ausschließlich dem Geist der Zirbe zuzuschreiben sei, wolle er sogleich sein Testament aufsetzen, das beim Notar im Bezirksamt Reutte hinterlegt werden solle.

Und so geschah es. Noch ehe man den Leichnam von Marandjosef vor der Ehrenberger Klause begraben habe, da sei schon Meister Konrad Bronoth am Werk gewesen und habe aus Rücken und Oberschenkel jene Haut herauspräpariert, in die er das einzige Exemplar der Lebenserinnerungen von Marandjosef Gumper (oder Gamper?) habe binden können. Von da an, so stellte ich mir vor, habe das Buch eine sonderbare Reise durch zahlreiche Bibliotheken des In- und Auslandes genommen, es sei bis an Universitäten im fernen Neuseeland gereist, um schließlich auf verschlungenen

Wegen wieder im Außerfern im Bauch einer Bauchrednerpuppe eines steinalten Bewohners des *Kaiser-Franz-Josef-Jubiläums-Greisenasyls* anzukommen, nach Jahr und Tag von einem Buchhändler und einem Privatgelehrten gefunden und ans Licht der Öffentlichkeit gehoben zu werden.

Das alles freilich spielte sich im Angesicht des schlafenden alten Mannes im Innsbrucker *Kaiser-Franz-Josef-Jubiläums-Greisenasyl* nur in meinem Kopf ab.

Doch was stand wirklich in dem Buch, das in Menschenhaut gebunden war und das ich in Händen hielt? Die Lebensgeschichte des Tiroler Diebes Marandjosef Gumper (oder Gamper?), geboren zu Vils im Außerfern, von ihm selbst aufgezeichnet und in seine eigene Haut gebunden?

Einerseits ja – andrerseits nein.

Erzählt wird im Hautbuch die Geschichte des Malers Wu, der vom vergeblichen Warten auf die Wiederkehr der von ihm geträumten Unsterblichen, die auf dem Rücken von weißen Kranichen ritten, so traurig geworden war, dass er sich in eine Einsiedelei zurückzog, wo er zunächst Pferde malte, bis sie ihm aber alle wegstarben, als er sie gemalt hatte, weil ihre Lebenskraft in ihr Bild hinübergewandert war. Schließlich erhielt der Maler Wu vom Kaiser Wang, dem Gütigen, den Auftrag, eine Landschaft auf die Wand seiner Kartause zu malen, in die sich der Künstler zurückgezogen hatte.

Dazu heißt es in dem in Menschenhaut gebundenen Buch: *Der Maler verhüllte die für sein Werk vorbereitete Fläche mit den Falten eines Vorhangs und zog sich dahinter zurück, um seine Aufgabe auszuführen, ohne dabei gesehen zu werden. Nach einer Weile erschien er wieder und zeigte an, fertig zu sein. Er zog den Vorhang beiseite und enthüllte seinem Gönner eine herrliche Ansicht, die sich in einen unendlich weiten Raum erstreckte, mit Wald und Wiesen, sich schlängelnden Flüssen und azurblauen Bergen, mit Wolken und Vögeln, wetteifernd in ihren unzähligen Einzelheiten mit den schönsten Naturansichten. Während der Kaiser überwältigt auf die herrliche Schöpfung schaute, zeigte der Maler auf ein Tor vor einem prächtigen Gebäude im Vordergrund, klatschte in die Hände, und der Eingang zu einer Höhle öffnete sich. Das Innere ist über alle Maßen schön, sagte der Künstler. Erlaubt mir, den Weg zu weisen, damit Eure Majestät eintreten und die darin verborgenen Wunder sehen kann. Dann trat er selbst ein, drehte sich um und bat seinen Gönner, ihm zu folgen. Doch sogleich schloss sich der Eingang hinter ihm, und bevor der erstaunte Herrscher einen Schritt nach vorne tun konnte, verblasste das Bild wie eine Vision und hinterließ die Wand so blank wie vor der Berührung mit dem Pinsel des Malers. Und Wu ward nie wieder gesehen.*

Ein Märchen, rief ich aus, doch mein Freund Leander widersprach sogleich vehement: Nein, kein Märchen! Alles andere als das: „In diesem Buch ist alles wahr. Alles hat sich wirklich ereignet. Menschen, Plätze, Stimmen haben wirklich existiert. Aber sie wurden erst wieder lebendig, als die Masken der Imagination auf die verschwundenen Gesichter fielen und die Schatten der Zeit langsam über das Land Außerfern wanderten."

Jeder kann es nachprüfen, der auf seiner Reise von Innerfern nach Außerfern der Ehrenberger Klause einen Besuch abstattet. Dort wird er auf einem unscheinbaren Gedenkstein, den vermutlich die meisten übersehen, so zugewachsen wie er mittlerweile ist, über Marandjosef lesen können:

In Innerfern seine Wiege
In Außerfern sein Grab
In den Geschichten sein Andenken

Quellen, Anregungen und Zitate

Deutsch, Daniela und Zucchelli, Christine: Außerfern. Sagen und Mythen entdecken. Innsbruck: Tyrolia 2011.

Gehrlach, Andreas: Diebe. Die heimliche Aneignung als Ursprungserzählung in Literatur, Philosophie und Mythos. Paderborn: Wilhelm Fink 2016.

Holländer, Hans: Europas chinesische Träume. Die Erfindung Chinas in der europäischen Literatur (lag mir als Manuskript vor der Publikation vor).

Krämer, Helmut und Prock, Anton: Die schönsten Tiroler Burgen & Schlösser. Lana: Tappeiner und Tyrolia 2009.

Lechner, Eva: Heilende Wasser in Tirol. Geschichte und Entwicklung von Heilbädern, Bauernbadln und Kraftquellen. Innsbruck: Tyrolia 2003.

Matz, Edvard: Efterord. In: Lasse-Majas besynnerliga öden. Lund: Bakhåll 2006, S. 199–208.

Molin, Lars Larsson: Lasse-Majas besynnerliga öden. Lund: Bakhåll 2006.

Montaigne, Michel de: Tagebuch einer Reise nach Italien über die Schweiz und Deutschland. Aus dem Französischen von Ulrich Bossier. Mit einem Vorwort von Wilhelm Weigand. Zürich: Diogenes 2007.

Piper, Otto: Die Burgen Tirols. Nordtirol – Südtirol – Osttirol. Herausgegeben und mit einem Vorwort von Meinrad Pizzinini. Schleinbach: Edition Winkler-Hermaden 2016.

Prokosch, Frederic: Die metaphysische Piazza. Ein Buch der Begegnungen. München, Zürich: Piper 1984.

Roth, Joseph: Radetzkymarsch. Roman. Hrsg. Von Werner Bellmann. Stuttgart: Philipp Reclam jun. 2010.

Schneider, Thomas F.: Das Exil als biographischer und ästhetischer Kontinuitätsbruch. Von Hans Sochaczewer zu José Orabuena. In: Helga Schreckenberger (Hrsg.): Ästhetiken des Exils. Amsterdam u. a.: Rodopi 2003, S. 173–185 (Amsterdamer Beiträge zur neueren Germanistik 54).

Schöpf, Alois: Tirol für Fortgeschrittene. Einige diagnostische Bemerkungen über das Herz der Alpen. Innsbruck: Limbus 2017.

Sitwell, Edith: Englische Exzentriker. Eine Galerie höchst merkwürdiger und bemerkenswerter Damen und Herren. Aus dem Englischen mit einem Vorwort und einer Nachbemerkung von Kyra Stromberg. Berlin: Wagenbach, 2000.

Stalder, Helmut: Suworow schafft es doch noch nach Schwyz. In: NZZ vom 13. 04. 2018.

Vulpius, Christian: Kurze Lebens- und Kriegs-Geschichte des Grafen Alexander Suworow Nimnikski nebst einer Karakteristik dieses Helden und Anekdoten aus seinem Leben. Leipzig bey Heinrich Gräff: 1800.

Weber, Beda: Das Land Tirol. Mit einem Anhange: Vorarlberg. Ein Handbuch für Reisende. Erster Band. Nordtirol. Innsbruck: Wagner'sche Buchhandlung 1837.

Wochenblatt der k.u.k. Landwirthschafts-Gesellschaft von Tirol und Vorarlberg, Nr. 39, 40, 42, 26. September bis 17. Oktober 1846.

Zucchelli, Christine: Wege in die Vergangenheit in Tirol. 55 Kulturwanderungen zwischen Arlberg und Großglockner. Innsbruck, Wien: Tyrolia 2014.

Mit Blick auf die Beschaffung archivalischer Quellen verweise ich dankbar auf die Bayerische Staatsbibliothek in München sowie das Tiroler Landesarchiv in Innsbruck.

Den Profes. Petra und Edgar Platen von der Universität Göteborg sowie Dr. Franz Klug danke ich herzlich für ihre besonders hilfreiche Unterstützung.

Gerhard Köpf

Innerfern

Roman

184 Seiten, Hardcover mit
Schutzumschlag, EUR 22
ISBN 978-3-99200-214-6

In diesem Augenblick sah ich, las ich, *den Mund zum Himmel gedreht, etwas so Unerwartetes, dass ich mich verschluckte …*

Eine Frau wird verwahrlost aufgegriffen und in eine psychiatrische Klinik eingeliefert. Ihr ungewöhnliches Sprachvermögen sorgt bei der zuständigen Ärztin für Aufmerksamkeit. Wer ist die Fremde, die sich nicht zu erkennen gibt? Oder kann sie sich nicht zu erkennen geben, da sie ihr Gedächtnis verloren hat?

Nach und nach kristallisiert sich heraus, dass es sich um die Künstlerin Karlina Piloti handelt. Das Eintauchen in ihre Gedankenwelt, ihre Gefühle und Empfindungen zeigt die Suche einer Frau nach ihrem ganz eigenen Weg zu überleben. Bis sie plötzlich verschwindet.

braumüller